Carol Dias

Por Favor

SÉRIE LOLAS & AGE 17 - PARTE 1

1ª Edição

2019

Direção Editorial:	**Arte de Capa:**
Roberta Teixeira	Carol Dias
Gerente Editorial:	**Revisão:**
Anastacia Cabo	Artemia Souza
Ilustração:	**Diagramação:**
Talissa (Ghostalie)	Carol Dias

Copyright © Carol Dias, 2019
Copyright © The Gift Box, 2019
Todos os direitos reservados.
Nenhuma parte do conteúdo desse livro poderá ser reproduzida em qualquer meio ou forma – impresso, digital, áudio ou visual – sem a expressa autorização da editora sob penas criminais e ações civis.
Esta é uma obra de ficção. Nomes, personagens, lugares e acontecimentos descritos são produtos da imaginação da autora. Qualquer semelhança com nomes, datas ou acontecimentos reais é mera coincidência.

Este livro segue as regras da Nova Ortografia da Língua Portuguesa.

CIP-BRASIL. CATALOGAÇÃO NA PUBLICAÇÃO
SINDICATO NACIONAL DOS EDITORES DE LIVROS, RJ
Vanessa Mafra Xavier Salgado - Bibliotecária - CRB-7/6644

D531p

    Dias, Carol
        Por favor / Dona de mim / Carol Dias. - 1. ed. - Rio de Janeiro : The Gift Box, 2019.
        184 p.

    ISBN 978-85-52923-78-7
        1. Ficção brasileira. I. Título.

19-56972   CDD: 869.3
                        CDU: 82-3(81)

A todo mundo que sofreu calado em um relacionamento abusivo, seja ele romântico, familiar, amizade etc. Se você ainda sofre, saiba que não precisa passar por isso. Você é uma pessoa incrível, não deixe ninguém fazer você duvidar disso.

Nota da autora

Olá você que lerá essa história!

"Lolas & Age 17" é uma série de dez novelas sobre a *girlband* brasileira Lolas e sobre o Age 17, *boyband* britânica. Cada uma das novelas será sobre um dos personagens. Primeiro elas, com um enredo que começou no final de 2017 e se estenderá pelos anos seguintes com os meninos da Age 17.

"Por Favor" conta a história da Thainá, que sofreu nas mãos de Matheus com um relacionamento extremamente abusivo e violento. Em seguida virá Ester, que, em "Dona de Mim", passará por momentos difíceis e terá de superar muitas coisas.

Espero que se apaixone por estas histórias. Boa leitura!

Carol Dias

Primeiro

Now look at you, bruised up from him. Girl, recognize you're better than him, telling you that he'll never hit you again.
Olhe para você, machucada por ele. Garota, reconheça que você é melhor do que ele, dizendo que nunca vai bater em você de novo.
Good Woman Down - Mary J. Blige

— Por favor, Matheus, por favor, eu tenho um show daqui a pouco. — Senti toda a dor quando meu corpo se chocou com a parede, mas não deixei que ele percebesse. — Por favor.

— Por favor? Por favor? — Seu tom de voz aumentava. — Você vem pedir por favor depois do que fez?

— Eu não fiz nada.

— Você acha que eu sou cego, porra? Quer dar uma de esperta na minha frente sem que nada te aconteça? — Matheus segurava meu braço com força e me sacudia.

— Por favor, eu não fiz nada.

— Eu vi o jeito que ele te olhou, porra! É porque você é uma oferecida! Acha que eu não vejo como você fica se oferecendo *pra* ele? Chega, caralho! Não sou idiota.

— Desculpa, Matheus. Desculpa, não vou fazer mais. — Eu não conseguia mais conter as lágrimas que desciam pelos meus olhos.

— Desculpa? Porra, você precisará de mais do que essas desculpas ridículas se quiser que eu te perdoe desta vez, sua puta.

— Thainá, Paula, só faltam vocês, vamos lá! — Nosso gerente de turnê veio gritando pelo corredor.

Era dele que Matheus morria de ciúmes e era por isso que apertava minha garganta com uma das mãos nesse momento. A outra estava com o punho fechado bem ao lado da minha cabeça. Eu morria de medo de Matheus tentar utilizá-la em momentos como esse, quando estava tão perto de subir ao palco, quando eu não podia simplesmente esconder com maquiagem. Eu era expert nisso desde que comecei a namorá-lo.

Claro que no começo não era assim; quando nos conhecemos, ele era uma pessoa tranquila, alegre, carinhosa. Ele ainda é e por diversas vezes eu o vi ser o namorado perfeito. Acho que sei qual é o problema de Matheus, mas apenas sugerir que ele tem um "defeito" é uma péssima ideia. Ele nunca aceitaria bem que eu dissesse algo assim.

— Não vai ficar assim, Thainá. A gente vai continuar com isso mais tarde.

No momento em que ele me soltou eu corri para longe.

— Dois minutos e estou lá, Roger — gritei, entrando correndo no camarim, a cabeça abaixada.

Precisava ver se tinha estragado a maquiagem de alguma forma. Só havia uma pequena parte da equipe dentro do cômodo, então ignorei todo mundo e corri para o espelho. Felizmente não havia muito o que reparar. Respirei fundo e virei em direção à saída. Matheus estava lá, o olhar cheio de promessas que eu gostaria que não se cumprissem. Abaixei o rosto e corri para fora. No *backstage*, as meninas estavam ansiosas. Paula tinha voltado de uma bronquite e esse era o primeiro show em algum tempo. Pegamos mais pesado nos ensaios de hoje para ela entrar no ritmo, mas era visível que nossa amiga ainda estava nervosa. Vesti meu melhor sorriso e fui até ela. Olhou-me com aquelas duas bolas negras enormes que enfeitam seu rosto e eu podia ver seu nervosismo.

— Ei, fica calma. Você faz isso há quatro anos, não são dez dias que vão te parar.

Paula encostou a cabeça na minha e fechou os olhos. Segurei suas mãos entre as minhas, dando o máximo de apoio que eu podia. Eu me esvaziaria de forças para que essas cinco garotas se sentissem as mulheres incríveis que elas eram. Ser uma Lola era uma das coisas que eu mais gostava na vida, era o meu maior orgulho. Todo apoio que eu pudesse dar a elas eu sempre daria. Era como se elas fossem quatro partes de mim separadas ao nascer. Como a mais velha do grupo, eu me sentia responsável. Vê-las confiantes e felizes era uma das minhas metas de vida.

Aquele programa mudou tudo. "Canta, Brasil". Em inglês é chamado de "Sing" mais o nome do país. Éramos cantoras solo, seríamos expulsas, fomos colocadas em um grupo. Foi a melhor decisão que os jurados poderiam tomar na primeira edição do programa, já que além de combinarmos perfeitamente, fizemos sucesso internacional. Éramos tão conhecidas lá fora quanto grandes bandas de outros *realities*, como One Direction, do

The X Factor. No segundo ano do Brasil, o programa foi para outros países. Na Inglaterra, Age 17 foi quem venceu, outra *boyband*. Na Itália, uma garota que cantava *folk*. Nas Filipinas, uma dupla. Na Coréia do Sul, um grupo de sete meninos. Não me pergunte que nome o programa ganhou na Coréia, porque não sei pronunciar ou escrever.

— Cinco minutos! — gritaram de algum lugar.

— Vamos, garotas — Raissa chamou.

Formamos um círculo, demos as mãos. A banda de apoio, Roger, nós meninas. Nossa família. Senti a mão grande de Matheus envolver a minha, mas não deixei o nervosismo me consumir. Respirei fundo, fechei os olhos.

— Hoje nós agradecemos mais uma vez a Deus por este show que faremos, os fãs maravilhosos que vieram até aqui nos assistir e por podermos viajar o mundo realizando nosso sonho. Agradecemos também por ter nossa querida Paula aqui de volta, cantando junto com a gente. Somos um quinteto. Sem uma de nós, nunca estaríamos completas. Seja nossa força e nosso apoio, Senhor. Pai nosso... — Puxei a oração e todos rezaram em coro.

Era engraçado como esse costume se impregnou na gente sem motivo aparente. Eu fui à igreja quando nova, Raissa e Ester também. Bianca nunca tinha pisado em uma, exceto para casamentos. Paula já tinha ido, mas nunca foi de nenhuma religião. Mesmo assim, sempre recorríamos a Deus nos nossos momentos e pedíamos Sua ajuda antes dos shows. Depois de um sonoro amém, demos nosso grito de guerra. Lolas, cinco vezes.

— Hora do show, hora do show!

Pegamos nossos microfones e caminhamos cada uma para a nossa entrada. Era uma caixa que subia bem no meio da nossa passarela. Cinco caixas, na verdade. Cada uma de nós em uma.

Foi uma hora e quinze minutos de canto, dança e muita diversão. Eu amava cada minuto de estar no palco com aquelas garotas. Cada minuto de estar em uma banda com tanta gente talentosa, vozes únicas. Fazer um show que nada deixava a dever para os cantores internacionais que vinham se apresentar no Brasil. Até melhor, por vezes, já que muitos não traziam os palcos completos das turnês por conta dos custos.

Quando acabou, eu já não me lembrava do que tinha acontecido antes. De Roger segurando meu braço, sorrindo e beijando minha testa. De sorrir para ele de volta. Dos olhos raivosos de Matheus, de ser arrastada até um canto vazio. Humilhada, ameaçada. Tudo isso era história, estava perdido em tantas outras situações humilhantes que ele já tinha me feito passar.

Por Favor

Até que eu o vi. Sorria, mas um sorriso amarelo para os outros, os olhos cheios de raiva. Eu mal tinha saído do palco. Ficou observando enquanto a produção me desmontava e liberava para a troca de roupa. Acompanhou-nos, silencioso, até a porta do camarim. Entramos as cinco e ele ficou do lado de fora esperando.

— Assim que se trocar, vem para irmos para o hotel — disse alto. Uma promessa que me assustava mais do que qualquer coisa. Tinha esperança de que ele desistisse.

Tirei a roupa. Elaine, nossa figurinista, *me ajudou* para que eu fosse a primeira e terminasse logo. Todo mundo gostava de Matheus, ninguém via o homem que ele era, porque ele não deixava.

— Vai ver seu homem, Thai. Hoje aquele quarto de hotel pega fogo.

As meninas brincaram e eu fingi gostar. Despedi-me de todo mundo e saí do camarim. Ele estava sério enquanto mexia no celular. Puxou-me pela mão até o local por onde nós saímos. Um táxi nos esperava ali. Logo que entramos, ele sussurrou ao meu ouvido.

— Esta noite você vai ver o que as putas ganham por enganarem seus homens.

Semanas depois...

— Senti tanto a sua falta — ele disse, afundando o rosto no meu cabelo e beijando meu pescoço. — Ainda bem que você veio para casa, amor. — Afagou minha bochecha devagar, um sorriso verdadeiro nos lábios.

— Duas semanas, querido. Temos duas semanas juntos.

— Vão ser as duas semanas mais felizes da sua vida. — Ele me deu um selinho. — Assim você vai demorar cada vez menos para voltar para mim. — Afastando-se, Matheus deu partida no carro.

Eu dei tchau para as meninas que entravam na van que as deixaria em casa. Minha mãe tinha vindo no caminhão junto com nossos equipamentos, então demoraria um pouco mais.

O caminho até em casa foi rápido. Por conta do horário estranho, duas da manhã, a Linha Amarela estava vazia e fizemos o trajeto do Galeão até a Barra em 30 minutos. Eu morava em um condomínio na Abelardo Bueno com minha mãe. Quando me mudei de Belém para o Rio, éramos só eu e ela em uma casinha em Vargem Pequena. Logo que ganhei o programa, ficou impossível permanecer na vizinhança. Todos achavam que estávamos ricas e nossa casa foi invadida. Levaram tudo de valor que tinha lá, mesmo que tivesse sido comprado com nosso esforço durante anos e não com o dinheiro do prêmio. Foi uma decepção ver nossos vizinhos pulando o muro da nossa casa com televisão, rádio e outros aparelhos domésticos que nos pertenciam. Nós nos mudamos para um lugar com segurança no dia seguinte e eu acho que nunca terminaria de pagar esse apartamento, mas nós gostávamos de viver aqui.

Cumprimentamos o meu porteiro e logo que o elevador chegou Matheus já foi me abraçando e suas mãos invadiram minha blusa.

— Eu senti sua falta — deixei escapar enquanto passava os braços pelo seu pescoço.

— Senti sua falta também, meu amor. — Beijou meu queixo, descendo pelo meu cangote até o decote da minha blusa. — Nunca mais deixo você ir por tanto tempo sem mim. — E devorou meus lábios.

Matheus me amou de todas as formas possíveis. Matamos a saudade do corpo um do outro três vezes seguidas. Depois, ele deitou na minha barriga e eu fiquei fazendo cafuné nele. Falamos sobre a turnê, nossos próximos shows, as coisas boas que estavam prestes a nos acontecer. Falamos sobre o futuro, filhos, casamento. Quando me dei conta, Matheus chorava.

— Theus...

— Eu sei, amor, eu sei. Não era para chorar... é que você é tão boa para mim.

— A gente já conversou sobre isso, Theus.

— Desculpa, Thai. Desculpa. Eu te amo, mas faço tanta coisa errada. Você não merece as coisas que eu faço você passar. Eu sou um merda, Thai. Você merece o mundo.

— Theus, por favor, não fala assim...

— Você sabe que é verdade. Um dia você vai acordar e se dar conta disso. Eu não te mereço. Aí você vai me deixar.

— Eu não vou te deixar, Theus.

— Você vai sim, Thai. Vai me deixar e eu não vou poder fazer nada. Eu não mereço você.

POR FAVOR

— Theus, olha para mim. — Puxei seu rosto entre as minhas mãos. As lágrimas caíam lentamente. — Eu te amo, Matheus. Estou aqui com você, não vou te deixar. — Beijei seus lábios devagar, querendo mostrar como me sentia a respeito dele. — Você sabe que sempre apoiarei você, em todos os momentos. Em qualquer coisa que você faça.

— É por isso que você é boa demais para mim, Thai. — Ele me beijou devagar. Empurrou minha cintura até que eu estivesse deitada de novo, seu corpo sobre o meu. — E eu sou egoísta porque mesmo sabendo que não mereço você, vou usar isso quando você decidir me abandonar.

Nós fizemos amor de novo e de novo. Depois, acabamos sendo dominados pelo sono enquanto os primeiros sinais do amanhecer despontavam pela janela.

Segundo

No, they ain't gonna understand it. Understand what I see in you.
Não, eles não vão entender o que eu vejo em você.
Bad Decisions - Ariana Grande

— Às minhas meninas e ao primeiro lugar na Billboard americana.

Não era nosso primeiro single em inglês. Não era o nosso primeiro número um fora do Brasil. Era, porém, nosso primeiro número um nos Estados Unidos. Terceiro, quarto. Tinha sido o maior pico que nós atingimos. Dessa vez a história era diferente. Cinco anos de banda, nosso quarto CD a caminho. Era só o primeiro single do CD novo, mas o que tínhamos alcançado com ele não estava no gibi. Passamos a semana toda aqui nos Estados Unidos e nos apresentamos em uma porção de programas. Fomos entrevistadas por YouTubers e radialistas falando sobre o novo CD. Agora era a hora de comemorar e Roger tinha nos levado a um restaurante caro.

Eu não disse a Matheus sobre o compromisso de hoje. Ele estava um pouco irritado por termos vindo com a equipe enxuta. A banda, nós cinco, Roger e Ju, nossa cabeleireira e maquiadora. Contratamos seguranças daqui, *staff* americana e tudo o mais. O pessoal da gravadora que nos distribuía aqui nos EUA tinha mandado uma brasileira foda para nos direcionar nos primeiros dias. Ela morava em Los Angeles e é assistente pessoal de Carter Manning, um músico mundialmente famoso. Bruna Campello o nome dela. Ficou conosco no primeiro dia, depois nos deixou aos cuidados da assistente. Hoje, para essa comemoração, Roger deixou todo mundo no hotel. Éramos nós cinco e ele.

Matheus surtaria. Há muito tempo ele não gostava de Roger, mas ultimamente... Roger é um gato, solteiro e tem 35 anos. No auge dos seus 24, meu namorado se sente ameaçado. O que é uma besteira completa por diversos motivos. Roger cuida da gente como se fôssemos menininhas, suas irmãs mais novas. Eu era a mais velha quando a banda começou, tinha 19 anos, mas ele é 11 anos mais velho do que eu. As meninas tinham 15, 16 anos. Roger nunca nos olhou de forma diferente, nunca sequer nos considerou para um relacionamento, mas Matheus via

Por Favor

coisas onde não tinha. Para ele, Roger tinha um caso com todas nós em segredo. Saber que tínhamos ido jantar o deixaria irritado. Eu não podia ter Matheus irritado, não quando embarcaremos para duas semanas na Europa. Era certo de que ele pegaria um avião para cá na mesma hora sem se importar com nada.

Voltamos para o hotel tarde. Assumo que estava um pouquinho bêbada, mas esse era o ponto de termos saído. Estávamos comemorando, afinal. Mandei uma mensagem perguntando a Theus se ele já estava dormindo, se podíamos conversar. Ele me respondeu na mesma hora dizendo que estava me esperando no Skype.

Deixei o celular encostado na pia enquanto escovava os dentes. Logo o rosto sonolento dele apareceu.

— Oi, linda.

— Oi, amor. Acordei você? — perguntei ao ver o rosto amassado.

— Não. Eu estava esperando você chegar. Demorou hoje.

— Nós fomos comer. Tínhamos que comemorar o número um.

— Parabéns por isso, Thai. Vocês merecem.

— Obrigada, amor. — Fechei a torneira, sequei o rosto e voltei para o quarto com o celular na mão. — Estamos muito felizes com isso.

— Mande um beijo para as meninas também. Todas trabalharam muito para isso.

— Amanhã eu mando, pode deixar. — Coloquei o celular apoiado nos travesseiros e deitei de bruços na cama. — Como foi seu dia?

— Baby… — Ele fez uma pausa enquanto se arrumava na cama. — Tira essa camiseta *pra* mim, vai.

Olhei para a blusa e vi que, com a posição, ela pouco fazia para esconder meus seios. Voltei-me para Matheus e pude ver o brilho do desejo em seu olhar. Fiquei de joelhos na cama sentada sobre minhas pernas. A blusa era de cetim com botões, estava presa numa saia de cintura alta. Não era o que eu vestia normalmente, mas iríamos jantar em um lugar chique e formal, então quis estar bem-vestida. Puxei a blusa de dentro da saia e desfiz os botões. Deixei que ela caísse pelos ombros e empurrei-a para a direita, voltando à posição anterior.

— Como foi seu dia?

— Meu dia não importa, amor. Como você quer que eu use a minha memória quando seus seios estão do outro lado da tela, a quilômetros de mim.

— Theus, você sabe que eu tinha que vir.

— Eu sei, gostosa, mas eu sou homem. Já faz tempo. Você não vai me negar isso, vai?

— Você sabe que eu não gosto, Theus. Tem tanta gente doida aí fora, não quero que acabem *hackeando* a gente e isso acabe parando nas redes sociais.

— Eu estou duro, Thainá. Você não vai me deixar assim, vai?

— Theus, por favor.

O semblante dele fechou.

— Tudo bem, mas você ainda vai ficar fora do país por mais duas semanas, então não reclame se tiver outra gostosa nesta cama.

Respirei fundo, soltando o ar bem devagar. Era perigoso, mas ele estava certo. Era tempo demais para não dar a ele o que ele queria.

— Ah, Theus.

Um sorriso escorregou pelos lábios dele sabendo que tinha me vencido.

— Eu sabia que você não ia me deixar na mão, gostosa. Agora volta para a posição que você estava e tira o sutiã *pra* mim, vai.

Eu fiz tudo o que ele pediu. Cada coisa, mesmo que não concordasse. Mesmo que quisesse me preservar e entendesse que na internet nem tudo o que dizem ser privado realmente é privado. Naquele dia, fiz uma pequena prece a Deus para que ele pudesse me perdoar e que aquilo nunca fosse usado contra mim.

No fim, aquele nem foi o problema. Acordei no dia seguinte com o celular tocando. Era Matheus, mas até encontrar e atender, a ligação caiu. Meus olhos mal abriam e eu estava com um pouquinho de dor de cabeça, provavelmente resultado do vinho do jantar. Destravei o celular e vi que havia uma mensagem. Eram 06h32, mas já deveria ser meio-dia no Brasil. Abri o WhatsApp. Uma imagem. Enquanto carregava, li os textos.

> Esse era o seu jantar? Foi por isso que vocês não levaram a equipe inteira? Para as cinco putas saírem pra comer com o chefe? Quem foi a sobremesa da noite? Você deu pra ele antes ou depois de ficar de cu doce comigo?

A foto era na saída do restaurante ontem. Roger estava ao meu lado e tinha me emprestado o casaco dele. As meninas tinham ido na frente e ele estava com as mãos nas minhas costas me empurrando em direção ao carro.

Merda!!

Enquanto eu olhava a foto, outra mensagem dele chegou:

> Até que enfim visualizou, sua puta! Quero você em casa hoje ou eu não respondo por mim!

O que eu fiz? Por que não fui mais cautelosa? Como não vi aquele fotógrafo lá?

Era minha culpa, eu deveria ter tomado mais cuidado. Sabia o que aconteceria se Matheus soubesse que saímos para jantar com Roger, sabia o que ele faria. Como eu podia ser tão burra?

> Theus, por favor. Não foi nada de mais. A gente saiu para jantar, só isso.

> Não mente pra mim, porra! Tá achando que eu sou idiota? Você não vai me fazer de corno assim!

> Theus, não foi nada disso.

> Theus é o caralho, porra! Esquece essa porra de banda e volta pra casa. Você é minha mulher. Se não voltar, eu mato você. Chega de brincar de cantora nessa porra.

> Theus, por favor, é meu trabalho.

> Me desafia pra você ver. Pega a porra do avião e volta hoje.

Eu ainda tentei. Mandei outras mensagens para ele, mas Matheus não respondeu nenhuma. Não sei quanto tempo fiquei sentada na cama tentando entender o que tinha acontecido, mas ouvi uma batida na porta e me obriguei a levantar. Era Roger.

— O que houve, Thai? — foi a primeira coisa que ele perguntou. — Você parece nervosa e o dia nem começou.

— É o Matheus. — Resolvi contar o que dava. — Ele está nervoso porque viu umas fotos da gente saindo do restaurante ontem.

— Nervoso por quê?

— Ele sente muito ciúmes de você. Não vir para a viagem o deixou nervoso.

— Ciúmes de mim? — Franziu o cenho. Eu assenti. — Thai, eu não sabia disso. Desculpa se me excedi em algum momento. Você sabe que eu as vejo como irmãs, não sabe?

— Sei. — Balancei a cabeça afirmativamente. — Eu já disse isso a ele, mas vocês homens são complicados.

— O que tinha demais nas fotos?

Abri a galeria do celular e mostrei a que ele me enviou.

— Nada, mas ele viu o que não tinha.

Roger balançou a cabeça como se entendesse.

— Você quer mandar uma passagem *pra* ele te encontrar na Europa? Não, eu tinha que ir para o Brasil.

— Eu estava pensando se não posso ir passar um dia lá no Brasil, só para acalmá-lo. Sabemos que com a gente na Europa ele não vai poder ficar muito tempo comigo, mas se eu for hoje e voltar amanhã à noite, chego a tempo para os nossos compromissos.

— Thainá querida. Você já pensou que isso vai ser absurdamente cansativo *pra* você? São mais de dez horas de voo para ir e dez para voltar.

Eu queria ter ficado firme para que Roger acreditasse que tudo estava sob controle. Que eu faria todas essas viagens loucas e não sairia abalada disso de jeito nenhum. Só que eu não consegui, então tive que dar as costas para ele. Eu não queria nem pensar no que me aconteceria quando voltasse para casa. Respirei fundo, ciente de que poderia fraquejar e deixar o choro sair na voz.

— Será que… — A voz começou a sumir e eu fiz outra pausa, *me preparando* para o inevitável. Inspirei e expirei. — Será que eu posso tirar uns dias quando a gente voltar para casa?

Em silêncio, Roger me contornou e me abraçou. Eu não queria, mas deixei as lágrimas caírem silenciosas. Ele sabia, porque provavelmente sentia a camisa molhada, mas não disse nada. Respeitou meu silêncio.

— Uma semana. Toda sua e do Matheus. Agora vai se aprontar, porque temos reunião em meia hora. — Ele deu um passo trás e se afastou.

— Bate a porta, por favor — pedi caminhando para o chuveiro.

— Thai — chamou, antes de sair e de eu entrar no banheiro —, sabe que pode conversar comigo sobre qualquer coisa, não sabe? Eu sempre vou ficar do seu lado.

Quis derramar mais lágrimas, mas guardei para mim. Ninguém precisava saber o que eu sofria.

Toda vez que eu chorava ou demonstrava minha fraqueza, as pessoas à minha volta estranhavam. Pelo fato de pensarem que nós tínhamos o relacionamento perfeito, ninguém esperava que minhas dores fossem tão sérias. Eu era tida pelos meus amigos como a romântica sonhadora que espera um relacionamento perfeito e um príncipe encantado e chora quando descobre que ele tem defeitos. O que eles nem imaginam é que eu conhecia todos os defeitos do Matheus e eles eram ainda piores do que pareciam.

POR FAVOR

Terceiro

So I sat quietly, agree politely. I guess that I forgot I had a choice.
Então eu sentei em silêncio, concordei educadamente. Acho que eu esqueci que tinha uma escolha.
Roar - Katy Perry

Por fora, eu estava sorrindo. Três semanas em primeiro lugar nos Estados Unidos, cinco no Reino Unido. A *playlist* do TOP 50 no Spotify tinha duas músicas nossas: o single, em primeiro lugar, e a faixa promocional, em décimo primeiro. Nossa música estava chegando a lugares inimagináveis e não existia um de nós que não estivesse animado com a situação. Nós cinco então... estávamos surtando!

Por dentro eu estava tentando conter o nervosismo. Pisaríamos hoje no Brasil depois de tanto tempo fora. Depois de um silêncio absurdo do Matheus em que ele poderia: 1) estar tranquilo, esperando ansiosamente; 2) simplesmente ter esquecido que eu existia; 3) o que seria ainda pior — e eu torcia muito para que essa não se concretizasse — poderia estar remoendo toda a raiva pela nossa última conversa e a foto de Roger na saída daquele restaurante. Raiva por eu não ter ido para o Brasil quando ele mandou. Se a opção número 3 fosse a correta, eu estava ferrada. Pior, eu era uma mulher morta. Não sobraria Thainá para contar história.

Tinha feito o que Roger sugeriu. Escrevi um textão para ele dizendo que a nossa agenda estava apertada. Mandei uma passagem para ele vir para a Europa, então a gente podia conversar. Matheus visualizou, mas não respondeu. Também não veio à Europa, não que eu saiba. Ele simplesmente me ignorou e eu não fazia ideia de qual versão dele encontraria quando voltasse.

— Diz *pra* mim por que você tem estado tão calada — disse Raissa que estava sentada ao meu lado no banco dessa vez.

Meu namorado não fala comigo desde que nossa música foi primeiro lugar nos Estados Unidos.

Eu descumpri uma ordem explícita dele que continha ameaça.

Não sei o que esperar quando estiver no Brasil.

E estava indo para o Brasil. Na verdade, já estava nele. Estávamos sobrevoando o território brasileiro há algum tempo.

Mas é claro que eu não diria nada disso à Rai, porque ela nunca entenderia o relacionamento da gente. Ela teve uma vida de privilégios, membro da classe B. Apesar de ser mulher e ter de enfrentar os problemas que todas nós enfrentamos, ela era o padrão: branca, cabelo liso escuro. Nem tão alta nem tão baixa. Não conseguia se inserir em nenhuma das clássicas piadas de escola para que sofresse bullying. A maior dificuldade da vida dela era ter nascido em uma família com mais quatro meninas. Era quase impossível alguém que vivia numa bolha como a Rai, as outras Lolas e a minha equipe entenderem que Matheus só precisava de ajuda. Eu não poderia dar as costas para ele porque eu o amo. Não podemos abandonar as pessoas desse jeito.

— Acho que estamos muito tempo fora de casa e eu estou sentindo saudades.

— Ah, amiga. Você sabe que essa não vai ser a nossa última viagem longa para fora do país. A gente tem que aproveitar o máximo possível desse número um para firmar nosso nome lá fora.

— Eu sei disso, Rai. Acho que só preciso me preparar melhor nas próximas vezes.

Ela concordou e ficamos em silêncio. Em um voo tão longo quanto esse, o assunto acaba ficando escasso mesmo. Ainda mais se você está como eu, com tantos problemas rondando a mente.

— É só isso mesmo? — perguntou, e parecia saber que algo não ia bem comigo.

— Sim, só isso.

— Você sabe que pode falar comigo se alguma coisa estiver acontecendo, né? — perguntou depois de mais um silêncio prolongado.

— Own, obrigada, Rai — disse, puxando-a para um abraço de lado. — É bom saber que posso contar com você.

— Esse é o lado positivo de estarmos em uma banda, queridinha. Temos uma à outra para se apoiar.

Bom, acho que veríamos isso em breve.

Logo que desembarcamos, havia uma mensagem da minha mãe.

> Me encontra aqui embaixo pra gente jantar. Depois eu vou pra casa do Rick pra vocês terem um tempo sozinhos. Amanhã cedo a gente vai pra Arraial.

Por Favor

Eu só concordei e entrei na van que nos esperava no aeroporto. O condomínio onde eu vivia com a minha mãe era maravilhoso. Além da segurança e das vantagens básicas como área de lazer e academia, havia uma galeria com farmácia, padaria e outras conveniências. Dentre elas, nosso restaurante favorito, não só pela facilidade em não ter de cozinhar, como pelo sabor. Ricardo, o atual namorado da minha mãe, era o dono de lá, o que também ajudava no favoritismo.

— Como você está, minha bebê? — Dona Roberta veio na minha direção no minuto que entrei no restaurante. Nem se importou com o fato de haver outras pessoas no local.

— Mãe! — reclamei logo que ela me prendeu em seus braços.

— Estou tão feliz, filha! Tão feliz por você estar alcançando todas as suas metas. Você é tão talentosa! Mamãe se orgulha muito de você, da pessoa que você é.

Depois de meia hora me abraçando e dizendo quão orgulhosa ela estava de mim, fui salva por Ricardo.

— Roberta, deixa a garota respirar — reclamou, segurando meu braço para que nos separássemos. — Parabéns, menina. Você sabe que esse é só o começo, não sabe? Estou muito feliz por vê-la realizar seus sonhos. Sempre vou torcer pelo seu sucesso, saiba disso.

Nós jantamos tranquilas. Ricardo guardou minha mala na sala dele, porque eu tinha ficado com preguiça de simplesmente subir até o apartamento e descer. Minha mãe quis saber de cada momento e conversamos por três horas sobre a viagem e a apresentação. Ficamos de conversar sobre o que faríamos a seguir na segunda, pois ela queria me dar o fim de semana sozinha com Matheus. Era até bom, assim eu traria informações atualizadas para ela da reunião de amanhã quando definiríamos os próximos meses da banda. Roger disse que me daria duas semanas de descanso em casa, mas precisava dessa reunião antes. Eu concordei porque seriam apenas algumas horinhas do meu sábado.

Despedi-me da minha mãe quando o cansaço foi demais. Ricardo foi comigo até a porta do meu apartamento para me ajudar com a mala, mas não ficou mais do que isso porque precisava cuidar do restaurante. Para ter um fim de semana em Arraial com a minha mãe, ele queria deixar tudo direitinho para a sua equipe. Acenei para ele e entrei. A casa estava toda no escuro e eu estranhei quando tentei ligar o interruptor e nada da luz. Pensei no corredor e lembrei que a luz se acendeu quando saí do elevador. Provavelmente, o problema era no meu apartamento. Resolvi não pensar nisso agora e primeiro chegar em casa. Felizmente a cortina da sala estava aberta e a lua iluminava o ambiente. Deixei as malas em um canto do hall e segui direto para o meu quarto. No caminho, tirei os sapatos. A ordem correta era banho e cama. Quando eu estivesse deitada lá, ligaria para Matheus. Precisávamos conversar e aproveitar que eu estava de volta.

Não foi surpresa nenhuma abrir a porta e encarar sua silhueta na janela do quarto. A luz da lua também iluminava o ambiente dessa vez. Ela era suficiente para eu reparar no corpo tenso de Matheus e no punho cerrado ao lado do corpo.

— Amor? — chamei e ele se virou lentamente.

Seu rosto estava sério. Não precisei de muito para saber qual das opções de Matheus eu tinha encontrado.

Ele estava esse tempo todo remoendo a raiva que sentia por mim.

— Então a mocinha resolveu voltar.

O tom de voz? Frio. Congelante. Assustador de uma forma que eu não conseguia nem tentar explicar.

— É, voltei.

O que mais eu poderia dizer?

— É só isso que você tem para falar?

Sabe quando você se sente caindo numa armadilha, mas não sabe o que fazer para sair dela?

— O que você quer que eu diga?

— Ah... — suspirou — por onde começar? — Iniciou uma caminhada lenta em minha direção. — Pelo fato de você ser uma puta? — Ele agora estava a cerca de um braço de distância e eu dei um passo para trás, para o corredor. — Por ter desobedecido minha ordem quando eu avisei o que faria? — Senti minhas costas na parede e rapidamente ele invadia meu espaço pessoal. — Ou por ter me enviado uma passagem para ir até você como se eu fosse um cachorrinho esperando por um osso do seu dono?

— Theus, não foi assim. Você sabe que não.

— Você acha que eu sou burro, Thainá? — Fechou-me entre os seus braços. — Você pode começar a implorar o meu perdão agora.

— Theus...

— Implora. E é bom ser convincente. Porque você sabe que eu te amo e só por isso posso perdoar a traição, mas vai ter que se esforçar para eu deixar para lá o fato de você ter desobedecido uma ordem e ter me ofendi-

Por Favor

do com aquela passagem.

— Por favor, amor, *me perdoa*.

— Não foi bom o suficiente. Fica de joelhos.

Tremi. Sabia o que ele me faria fazer, não era a primeira vez. Eu não queria, mas estava morrendo de medo de negar. Ajoelhei-me devagar.

— Eu te imploro, Matheus. *Me perdoa*. Eu não quis que nada disso acontecesse.

Ele me deu um tapa tão forte que meu rosto virou para o lado.

— Falando você não está me convencendo. Vamos ver de outro jeito.

Ele tirou o cinto e enrolou na mão direita. A fivela pendia da mão dele e meu corpo relembrava a sensação de ser atingida por ela. Doía. E eu sabia que teria que fazer meu trabalho muito bem feito para não sentir aquilo outra vez. Matheus abriu o botão da calça e vocês sabem o que eu tive que fazer em seguida. Esforcei-me para agradá-lo, mas a verdade é que o aperto no meu pescoço era forte, meus olhos estavam cheios de lágrimas e era difícil de respirar.

Em todo aquele tempo, eu coloquei a minha vida em perspectiva. Minha vida era um sonho. Um em que minha carreira era brilhante, eu podia cantar e me apresentar no mundo inteiro. Estava em uma banda que atingia coisas que poucos músicos brasileiros conseguiram antes. Ter uma das músicas mais escutadas do mundo? Ser uma banda feminina e ficar em primeiro lugar na parada norte-americana em 2017, um ano que foi praticamente dominado pelos homens? Eu sabia que estávamos realizando grandes coisas. Sabia mesmo. Mas eu simplesmente não conseguia aproveitar completamente porque passava todo o meu tempo escondendo machucados, ouvindo palavras que feriam a minha alma e me preocupando em não fazer algo que despertasse a fúria do meu namorado. Mesmo assim, em alguns momentos era inevitável. E eu era ferida, humilhada. Obrigada a fazer coisas que eu não queria. Eu era sexualmente abusada.

Eu precisava dar um basta nisso. Se não dissesse a ninguém, ninguém ia saber. Hoje em dia, na nossa sociedade, existe um limite de preocupação que as pessoas estão dispostas a ter. Ninguém olha para você mais de cinco vezes, se em todas as outras você disse que estava bem. Enquanto repetir que está tudo certo, ninguém realmente se importa em verificar. Eu já tinha dito inúmeras vezes que estava bem. Era boa em esconder as coisas. Para os de fora, Matheus e eu só brigávamos como qualquer outro casal.

Mas dessa vez ele tinha ido longe demais. Enquanto era abusada mais uma vez, só conseguia pensar em qual tinha sido a última vez que me impus e tive voz no nosso relacionamento. Matheus precisava de ajuda, tratamento, mas não tinha o direito de me maltratar no processo.

Seu rosto mostrava satisfação quando eu terminei. Ele nem me olhava, mas tinha um sorrisinho feliz. Eu respirava fundo, tentando me controlar. Tentando ser racional e pensar no que eu diria a ele. Em como dar um ultimato: ou me trata como eu mereço ser tratada e entra em um tratamento, ou não precisa mais voltar. Talvez com um ultimato ele me respeitasse. Ele me amava, não amava? Talvez se eu dissesse a ele que o deixaria, ele se daria conta de que precisava mudar.

— Foi bom, mas ainda estou sentindo raiva de você e lembrando do que fez, então não é o suficiente — ele disse e eu nem tive tempo de pensar no que isso significava.

Não era assim que funcionava. Ele deveria me deixar em paz por um tempo, afinal, eu fiz o que ele queria.

Ele não deveria atingir minha bochecha com a fivela do cinto e arrancar sangue.

Ele não deveria me empurrar para o chão e me chutar.

Ele não poderia me virar e me bater com o cinto nas costas, cintura, bunda e rosto.

Nem pisar na minha cabeça enquanto fazia isso.

Ele não poderia fazer nada do que ele fez comigo nos vinte (ou mais) minutos seguintes só para me deixar desacordada em seguida.

Eu lutei. Lutei para pedir que, por favor, ele parasse. Lutei para ele entender que estava me machucando. Lutei para ser ouvida por alguém, qualquer um. Lutei para não ser humilhada e agredida outra vez. Lutei para não apagar enquanto ele ainda me batia, porque eu sabia que se ficasse inconsciente não poderia mais brigar pela minha sobrevivência.

Mas falhei. Falhei e não sabia o que faria para me reerguer. Se eu conseguiria me reerguer. Sofrer esse tipo de coisa mexe com a gente no íntimo. Faz você questionar sua capacidade, seu lugar no mundo. Faz você questionar a sua fé. Por que aquilo acontecia justamente comigo? O que eu tinha feito para merecer tal tratamento?

Nos meus sonhos, alguém aparecia e me ajudava. Eu podia sentir o cheiro de perfume masculino, amadeirado. Podia ouvir uma voz me dizendo que eu deveria ficar firme, que uma ambulância estava a caminho.

De alguma forma isso me tranquilizou. Se aconteceu ou não, eu não sabia, mas despertou em mim a esperança de que tudo ia ficar bem.

Quarto

There was a time I thought that you did everything right. No lies, no wrong. Boy, I must've been outta my mind.
Teve um tempo que eu achei que tudo que você fazia era certo. Sem mentiras, sem erros. Cara, eu devia estar maluca.
Best Thing I Never Had – Beyoncé

O branco. Acho que o primeiro sentido que voltou para mim foi a visão, porque eu comecei a enxergar o branco do teto do hospital. Meu ouvido parecia entupido de início, mas aos poucos eu comecei a ouvir vozes e um bip constante. Olhei ao meu redor e vi pessoas.

Eu estava viva, foi a primeira coisa que pensei. O alívio foi instantâneo. Depois, pisquei para que minha visão se ajustasse e eu pudesse reconhecer os rostos. Não conhecia ninguém. Havia uma enfermeira perto de mim mexendo em algo no meu braço. Só soube que era uma enfermeira por conta do uniforme. Havia um homem de jaleco encostado na parede à minha frente conversando com outro homem. Meu maior medo era que o homem fosse Matheus, mas não era. Eu não o conheci quando olhei pela primeira vez. Usava uma blusa social branca dobrada até os cotovelos. Estava suja de sangue e aberta nos primeiros botões. A calça também era social, azul bem escura.

— Oh, parece que nossa Bela Adormecida acordou — a enfermeira comentou, sorrindo para mim. Sua voz era doce e me acalmou.

O médico e o homem viraram na minha direção e ambos sorriram. O primeiro parecia feliz; o segundo, aliviado.

— Ô, Bela. Estamos felizes que você decidiu se juntar a nós. Sou o doutor Luís, médico plantonista, e acompanhei sua chegada ao hospital. Como você se sente? — perguntou vindo na minha direção.

— Eu... — Minha voz falhou por um momento e pigarreei. — Eu não sei, não pensei sobre isso. — Sentia a garganta seca toda vez que tentava falar e doía um pouco, por isso as palavras saíam devagar. — Só estou feliz por estar viva. Água? Posso?

A enfermeira se afastou e voltou com um pouco de água em um copo. Ela trouxe até a minha boca e eu tomei tudo sem parar. Agradeci quando ela foi jogar o copo fora.

— Eu quero te fazer umas perguntas, tudo bem? Enquanto isso você pensa no que está doendo. — Apenas assenti e deixei que ele começasse. — O seu nome é...

— Thainá. Thainá Ramos.

— Você tem quantos anos, Thainá?

— 24.

— E de onde você é?

— Do Pará. Moro no Rio desde os quatro anos.

— Que dia é hoje, Thainá?

— Eu não sei... 10 de novembro? Nós voltamos da viagem no dia 10.

— Você conhece esse rapaz ao meu lado?

Eu encarei o terceiro indivíduo presente. O homem da blusa manchada de sangue. Seu rosto era conhecido, porque ele era meu vizinho. Eu esperava que não fosse nada além disso. Como naqueles filmes em que o paciente acorda de um coma e não se lembra de um período importante da vida.

— Nós somos vizinhos, não somos?

Ele sorriu e acenou, então eu soube que estava certa.

— Eu sou Tiago.

Tiago. Era isso mesmo.

— Tiago encontrou você ferida e desacordada em casa. Você se lembra do que aconteceu?

Eu lembrava. Chegar em casa, não ter eletricidade, ser surpreendida por Matheus. Ele abusar de mim, bater em mim. O cheiro de um perfume amadeirado quando eu achei estar desmaiada, o mesmo que eu sentia agora, ainda que em menor intensidade. Todas as memórias vieram com tanta força que precisei fechar os olhos por um minuto. Todos os sentimentos que me invadiram...

Queria ter tido coragem de dizer, mas ali na frente de todo mundo não consegui. Preferi mentir.

— Não consigo me lembrar. Isso é um problema?

— Não. — O médico me assegurou. — É perfeitamente normal para quem passou por traumas como o seu. Gostaríamos de saber exatamente o que houve, mas temos uma ideia pela extensão das lesões.

Por Favor

— Doutor Luís, eu já terminei por aqui — a enfermeira disse chamando a atenção dele.

— Ótimo, Ana. Eu já vou também. Thainá, sentiu alguma coisa? Alguma dor?

— Eu me sinto um pouco anestesiada ainda, doutor. Parece que meu corpo está todo mole.

— São os remédios. Nós tivemos que sedá-la quando chegou porque havia sangue e não sabíamos quais danos você tinha sofrido exatamente. Nada seu está quebrado, felizmente. Seu corpo tem vários hematomas, mas vai se recuperar rápido. Não foi necessário interná-la no CTI por conta disso. Eu vou embora agora, mas se você sentir qualquer coisa, é só me chamar. — Concordei e ele se virou para Tiago. — O horário de visitas começa em uma hora. Vou deixá-lo aqui, mas peço para que saia quando o horário terminar. Tudo bem?

Tiago assentiu. O médico acenou e se foi. Quando estávamos sozinhos no quarto, ele me encarou. Um nervosismo me tomou, mas não foi porque eu sentia medo de Tiago ou algo assim. É que olhar nos olhos dele era desconcertante. Eram escuros como a de boa parte dos brasileiros, mas extremamente cativantes. Não sei a que atribuir isso. O formato talvez? Vai saber.

Se você reparasse bem, Tiago como um todo era desconcertante. Ele é o tipo de homem que eu sempre me interessei: corpo magro, mas não "bombado"; cabelos escuros curtos atrás, um pouco maior na frente; praticamente nenhuma barba. Mas não era o corpo de Tiago que eu tinha em mente no momento. O impacto de vê-lo foi momentâneo, mas desejar um homem era a última coisa que eu podia pensar. Tudo o que eu sentia por ele era gratidão. O desejo teria que ficar para depois.

— Thainá, estou muito feliz por vê-la acordada. Você não imagina o quanto. — Ele se sentou na cadeira ao meu lado e eu estendi a mão para ele.

— Você salvou a minha vida. — Apertei sua mão com a pouca força que eu tinha.

— Queria ter chegado antes e impedido. Desculpa. — Ele balançou a cabeça. — Você não se lembra mesmo do que aconteceu?

Estranhamente, eu queria contar a ele. Queria que ele soubesse o que tinha acontecido e do que ele tinha me salvado. Eu só não conseguia.

— Um pouco. Como me encontrou? — sondei para ter ideia do que ele já sabia.

— Eu cheguei em casa e fui ao banheiro. Acho que a parede do meu banheiro é colada a do seu quarto. Ouvi seus gritos, seu desespero, mas não era a primeira vez que eu te ouvia pedir que alguém parasse. Acho que em situações como essa, nós ficamos paralisados, sem saber muito bem como ajudar. Mas parecia pior dessa vez e eu resolvi ir à sua casa com qualquer desculpa. Estava pensando em uma quando cheguei ao corredor e vi aquele homem sair do seu apartamento. Acho que ele é seu namorado, não é? — Apenas assenti. É, era. Meu cérebro não estava processando tudo corretamente. — Bati na sua porta, mas você não respondeu. Ela estava entreaberta, porque ele não se deu ao trabalho de fechar. Estava tudo escuro, mas eu entrei chamando por você e te encontrei caída no corredor.

Ficamos em silêncio por um minuto. Ele tinha me encontrado na hora certa, afinal. E eu estava muito grata por ele ter tido a coragem de sair da sua zona de conforto e ajudar uma estranha.

— Obrigada, Tiago. Nunca vou poder te agradecer o suficiente por ter salvado a minha vida.

— Eu espero que não se importe, mas mexi em algumas coisas suas quando estive lá. Vi uma bolsa no corredor e procurei sua carteira para tentar achar documento e a carteirinha do plano de saúde. Não queria te levar para um hospital público. Achei também a sua chave para fechar a casa.

— Tiago, sério, não me importo. Eu agradeço muito.

Ele poderia revirar a minha casa inteira e levar todos os meus bens, pois tinha salvado a minha vida.

— Trouxe seu celular comigo, mas não consegui destravar e não tinha o número de ninguém. Acho que você vai querer avisá-los.

Nossa, minha mãe vai enlouquecer. Ela certamente não seria a primeira.

— Sim, por favor. Eu preciso avisar a alguém.

Com meu celular em mãos, pensei a quem deveria avisar primeiro. Roger foi quem me veio à cabeça e eu não hesitei. Não queria deixar dona Roberta nervosa, ainda mais porque ela estava com Rick. Chamou várias vezes, só na décima ele atendeu.

— Fala, Thai. — Parecia um pouco sonolento.

Procurei um relógio no quarto e percebi que era de manhã, quase 9h.

— Roger, você promete que não vai surtar?

— Prometo tentar. Fala.

— Eu estou no hospital.

O que veio depois foi o silêncio, como se ele esperasse um complemento.

— Eu juro que estou tentando manter a calma. O que houve? Quem

POR FAVOR

27

está aí com você?

— Tiago, meu vizinho. Eu estou bem, vou ficar bem. Devo precisar ficar fora da banda por um tempo.

— Pelo amor de Deus, Thainá, não me deixa em pânico. O que houve? Explica isso direito.

— Vem aqui no hospital. É melhor que o médico explique o que houve.

— Thainá! Você quer me deixar maluco mesmo, né? Porra! Onde você está?

Eu não sabia, então perguntei ao Tiago. Assim que disse a Roger, ouvi o barulho do carro ligando e nós nos despedimos rapidamente.

— Tiago... — Ele me olhou e pegou o celular que eu estendia. Era meu, mas preferi que deixasse guardado. — Você está aqui desde o momento que me trouxe?

— É, as coisas aconteceram rapidamente e eu não quis deixá-la sozinha.

— Obrigada. Eu realmente não sei como agradecer por tudo que você tem feito por mim.

— Thainá, eu respeito que você não queira falar sobre o que aconteceu, mas preciso dizer. — Ele segurou minha mão de novo e olhou nos meus olhos. — Você merece muito mais e sabe disso. Ninguém tem que passar por esse tipo de coisa e eu espero mesmo que você saiba.

Fechei os olhos para não derramar nenhuma lágrima, mas não foi possível. Ele secou as duas que escapuliram e eu me forcei a dizer alguma coisa.

— Obrigada, Tiago. Agora eu sei disso.

Enquanto era abusada, lembro de ter pensado que as coisas teriam que mudar. Eu não me sujeitaria mais a nada daquilo. Não deixaria que Matheus continuasse me tratando daquela forma.

Então ele me bateu. Matheus me feriu e foi além do que minha mente permitia. Levou o pouco de esperança que eu ainda tinha no nosso relacionamento. Hoje tinha sido socos, chutes e cintadas, o que seria da próxima vez? Eu estava na melhor fase da minha vida e não ficaria em um relacionamento como aquele esperando pelo pior.

— Quando chegarem aqui, você vai dizer a eles o que aconteceu? O que você quer falar?

— Que você me encontrou em casa machucada e desacordada. Não tinha ninguém lá dentro comigo. E que eu não lembro do que aconteceu.

— Tem certeza de que não quer dizer a verdade? São sua família, *se importam* com você.

— Ainda não estou pronta. Por enquanto preciso dizer uma meia-verdade.

Quinto

But you put on quite a show, really had me going, but now it's time to go, curtain's finally closing. That was quite a show, very entertaining, but it's over now.
Você fez um belo show, realmente prendeu minha atenção, mas agora é hora de ir, as cortinas estão se fechando. Foi um belo show, muito divertido, mas acabou agora.
Take a Bow – Rihanna

— Você tem certeza de que não quer que eu peça às meninas para ficarem com você? — Roger perguntou pela vigésima vez desde que chegou ao hospital.

— Eu tenho. Quero ficar um pouco sozinha antes de ligar para minha mãe.

— Tudo bem, eu levo você para casa.

— Não precisa. Tiago é meu vizinho e disse que me levaria.

Mentira, não disse nada. E se Roger tivesse desviado o olhar para o homem ao lado direito da cama teria percebido isso, mas meu chefe não tirava os olhos de mim desde que entrou no quarto. Parecia pensar que algo iria acontecer se não estivesse me vigiando.

— Faz sentido. Isso não é um problema para você, não é Tiago?

Meu vizinho negou.

— Não, problema nenhum. Literalmente, é meu caminho.

Doutor Luís entrou no quarto. Segundo Tiago, ele estava aqui desde ontem à noite quando cheguei na ambulância. Fiquei pensando em quão desgastante deve ser esse tipo de plantão médico, em que as pessoas ficam o dia inteiro no hospital tendo que salvar vidas.

— Bom, senhorita, aqui está a sua alta. Eu já assinei, agora só falta você. Vamos às recomendações.

Ele explicou que eu deveria pedir ajuda nos curativos feitos nas minhas costas e lateral do corpo. Eles estavam presos com gaze e esparadrapo. Era importante lavar com água e sabão, sem esquecer da pomada de cicatrização que ele recomendou. A maioria dos cortes era superficial, apenas um era mais fundo e deveria ficar com cicatriz, bem no dorso das costas. Eu tinha alguns cortes no rosto também, mas eram bem pequenos e estavam com *band-aids*. O médico tinha dado pomada para os hematomas, para que eles sumissem mais depressa e disse que eu deveria fazer compressa de água morna. Recomendou também um remédio para dor, caso eu sentisse nos próximos cinco dias.

Roger ouviu tudo atentamente. Eu previa que ele estaria lá em casa com frequência, checando se estava tudo bem comigo.

— Eu preciso voltar aqui, doutor?

— Apenas se não se sentir bem. Caso contrário, as feridas cicatrizarão e os hematomas sumirão. Qualquer mal-estar que sentir, retorne, por favor. Antes que vá, gostaria de conversar a sós com a paciente. Os senhores se importam de esperar no corredor?

Roger beijou o topo da minha cabeça e saiu com Tiago. Doutor Luís me encarou.

— O que houve, doutor?

— Pedi que os dois rapazes saíssem porque quero comentar algo que detectamos quando você chegou. O vizinho que a trouxe, Tiago, nos contou que a encontrou caída no chão e que um homem, que ele acreditava ser seu namorado, tinha acabado de sair. As marcas que encontramos no seu corpo são bem similares às de espancamento. Gostaria que soubesse que por conta disso e por não sabermos do seu histórico no relacionamento, buscamos sinais de abuso sexual também.

— Não encontraram nada lá embaixo. — O médico me encarou, percebendo que eu tinha mentido e que me lembrava. Permaneceu em silêncio, então eu respirei fundo e continuei. — Não quis dizer com todo mundo aqui. Essa não foi a primeira vez, doutor, mas foi a mais séria de todas. Será a última também. Fizeram algum teste na minha boca? Porque ele me obrigou a fazer sexo oral e engolir.

Tive que dar parabéns ao médico por não ter sequer piscado com o relato. Permaneceu imóvel, apenas escutando. Era melhor do que receber um olhar de pena. Eu sabia que haveria muitos direcionados a mim logo que eu contasse o que aconteceu aos meus amigos e família.

— Assinei sua alta, mas vou preparar um atestado de corpo de delito para você. Assim, quando resolver denunciar, terá uma prova concreta em mãos. — Ele guardou meu prontuário no pé da cama onde costumava ficar, então me olhou novamente. — Denuncie esse homem, senhorita.

Não deixe que ele tire sua vida da próxima vez. Ninguém merece passar por isso.

Doutor Luís me deixou e Roger voltou com a notícia de que ele só permitiu um acompanhante no quarto fora do horário de visitas. Por isso, Tiago foi em casa por um tempo. Tomou um banho, alimentou-se e trouxe roupas para mim. Não tínhamos intimidade, mas depois do que aconteceu eu confiava nele de olhos fechados. Foi bom, porque Roger disse não estar pronto para sair do meu lado. Quando a enfermeira veio para anunciar que meu atestado estava pronto e eu seria liberada, permitiu que Tiago voltasse com as minhas coisas. Ainda não tinha assimilado que nós sequer nos falávamos antes de tudo, mas eu tinha aquele sentimento estranho de já conhecer a pessoa há tempos. Não de saber tudo sobre ele ou conhecer sua vida profundamente, mas sentia-me confortável. Não sei explicar. Acho que estávamos ligados de alguma forma.

— Você precisa de ajuda para caminhar? — Roger perguntou.

Ana, a mesma enfermeira que cuidou de mim o dia todo e me trouxe comida, tinha me ajudado a me trocar. Tiago trouxe algumas opções, mas optei por jeans e regata. Ela também foi comigo até o andar de baixo onde Roger me esperava.

— Um apoio seria bom — disse e ele me estendeu o braço. Agradeci à enfermeira antes de darmos as costas e caminharmos para a saída do hospital.

— Tiago foi parar perto da saída dos fundos para não correr o risco de as pessoas verem você e inventarem histórias. Você tem certeza de que confia nele? Não quer mesmo que eu te deixe em casa?

— Ele salvou a minha vida, Roger. Podemos confiar nele.

Caminhávamos devagar pelos corredores. Havia pessoas transitando, mas ninguém nos olhava tempo suficiente para se dar conta de quem eu era. Ou não sou tão famosa a ponto de ser reconhecida com todos esses hematomas e cortes.

— Hoje seria a nossa reunião, mas eu remarquei quando cheguei aqui. Não disse a ninguém. Vamos deixar para segunda-feira, tudo bem? Eu combino com as meninas de sairmos para jantar e conversar. O que acha?

— Você acha que até lá eu já estou sem os machucados para poder sair na rua?

Era uma dúvida real. Nunca tinha sido assim, então eu não precisava me preocupar tanto. Maquiagem sempre escondeu bem, além de uma roupa mais coberta. Era a que menos mostrava pele na banda, com a desculpa

POR FAVOR

31

de que não queria estar tão exposta, mas a verdade é que era mais fácil assim. Matheus sentiria menos ciúme e eu conseguiria me esconder.

— Se eles não tiverem sumido, pelo menos estarão mais fáceis de esconder com maquiagem.

— Obrigada, Roger. Prometo que até segunda já contei a todo mundo o que aconteceu.

— Tente se lembrar do que houve, eu fiquei preocupado. Vamos pedir as gravações das câmeras do seu prédio para tentar entender o que aconteceu e ver se alguém entrou lá.

Respirei fundo. Não queria que Roger tivesse o trabalho de pedir as câmeras apenas para ver algo que eu já sabia.

— Roger. — Parei-o assim que pisamos do lado de fora. Tiago já saía do carro para me ajudar a entrar. — Foi o Matheus, mas eu não estou pronta para falar sobre isso ainda.

Eu vi o choque nos olhos dele. Ninguém desconfiava de Matheus porque ele só era um monstro nas costas deles. Quando estávamos com a minha equipe e amigos, ele se mostrava um homem tranquilo, sério. Não fazia alarde quando estava bravo. E sempre fez grandes demonstrações de afeto. Ele tinha estranhado quando não o viu no quarto do hospital comigo, mas respeitou quando eu pedi que não falasse com ninguém.

Não fiquei para ver Roger reagir ao que eu tinha dito. Tiago veio na minha direção, pegou a bolsa das mãos do homem petrificado à minha frente e eu me apoiei no seu braço. Ele veio atrás e se apoiou no vidro quando Tiago fechou minha porta.

— Eu vou respeitar o seu tempo. Você pediu hoje à noite para ficar sozinha e eu entendo isso, mas temos que conversar. Fica bem. Qualquer coisa me liga. — Beijou minha mão e se afastou do carro.

Tiago e eu saímos do hospital em seguida. Ele me olhava de canto de olho em todas as oportunidades, como se quisesse perguntar alguma coisa. Não esperei muito, já que o hospital onde eu tinha sido internada era em uma rua bem próxima ao nosso condomínio.

— Manda, Tiago. O que é que você quer me perguntar?

— Quando saí do carro eu vi a cara do Roger. Ele parecia prestes a desmaiar. Você conseguiu contar a ele?

Em partes, né.

— Ele ia pedir as câmeras do condomínio. Quis poupá-lo do trabalho. Disse que tinha sido Matheus, mas que não estava pronta para contar ainda.

— E você acha que ele vai deixar isso tranquilo?

— Ele não vai. — Eu conhecia o Roger há cinco anos, afinal. — Mas vai respeitar meu tempo até amanhã. Tudo que eu preciso é de uma noite tranquila antes de relembrar tudo o que aconteceu.

Nem percebi e já estávamos entrando no condomínio. Tiago perguntou se eu estava com fome e neguei, então ele disse que deixaria para comer depois que eu me acomodasse no meu apartamento. Ele parou na garagem de moradores o mais próximo do elevador possível para que eu não tivesse que andar muito. Mesmo assim, eu vi. Duas vagas depois do carro de Tiago, o carro de Matheus estava estacionado. Paralisei e segurei meu vizinho pelo braço, nervosa. Não havia ninguém dentro ou perto do veículo, o que significava que ele não estava ali, mas isso não me relaxou de jeito nenhum.

— Thainá, tudo bem?

— Não... — Escapou dos meus lábios trêmulos. — Matheus.

— Matheus está aqui? — perguntou tentando entender.

— O carro dele. — Apontei para que Tiago visse comigo.

— Ele tem a chave da sua casa?

— Sim... Eu tenho uma vaga de carro no estacionamento com o nome dele. Quando você veio buscar minhas coisas, ele estava lá em cima?

— Não, sua casa estava vazia... E não me lembro de ver nenhum carro nessa vaga, mas assumo que não prestei atenção.

Nós ficamos alguns minutos em silêncio processando tudo. Eu não conseguia pensar direito ou encontrar uma solução. Tinha que voltar para casa, não podia ficar escondida, mas não queria dar de cara com ele, não agora.

— Escuta... — Tiago pensou mais rápido do que eu. — Eu posso te levar para a casa de alguém. Roger ou alguma das suas amigas. Ou, se você quiser, pode ficar no meu apartamento enquanto eu descubro se ele está no seu.

A segunda me parecia a mais simples no momento. Não precisaria me esconder no apartamento de ninguém sem explicações. Se Matheus estivesse lá, eu incomodaria os outros. Mas se não estivesse... Seria coisa rápida.

— Você não se importa? — perguntei, afinal, eu já tinha atrapalhado demais a vida dele.

— No momento, eu só me importo de te ver segura.

Senti meu coração se aquecer. Eu podia ver verdade nos olhos de Tiago, sabia que o que ele dizia era sincero. Então ponderei. Quão inconveniente eu seria se dissesse sim? Não queria que ele fizesse aquilo por pena da pobre menina vítima.

POR FAVOR

De todas as formas, seria rápido, apenas para ver se Matheus estava lá. Eu não o incomodaria demais e, se o fizesse, poderia ligar para Roger ou as meninas.

— No seu apartamento então.

Ficamos lado a lado no elevador. Ele ainda segurava minha bolsa e já estava com as chaves do apartamento na mão. Quando saímos para o corredor, tudo parecia normal. Nenhum barulho vinha de nenhum dos três apartamentos do andar. Tiago destrancou a porta rapidamente e deu espaço para que eu entrasse.

— Por favor, não repara a bagunça. Hoje era o dia em que eu deveria organizar as minhas coisas, mas não consegui.

— Peço desculpas por atrapalhar seu dia da faxina.

Ele riu e eu amei a sensação que se espalhou pelo meu corpo por saber que eu poderia divertir alguém.

— Eu perdoo você. — Virou-se para mim após destrancar a porta. Eu tinha parado no corredor, nervosa de sair entrando na casa. — Precisa de alguma coisa agora? Eu sei que você quer ficar sozinha.

— O que você vai fazer se Matheus estiver lá quando você chegar?

Tiago respirou fundo. Caminhou até mim e segurou minhas mãos. Foi como se uma injeção de confiança tivesse sido aplicada e eu me deixei mergulhar naqueles belos olhos castanhos.

— Eu não tenho medo dele. Eu não o conheço, mas não tenho medo. O que me assusta é ele fazer algo para machucar você. Sei que você vai estar aqui no apartamento em segurança, então não estou preocupado. Vou simplesmente perguntar por você e, quando ele disser que não está, vou voltar para cá. Isso considerando que ele realmente esteja lá, mas tenho esperança de que ele tenha saído perturbado daqui e esquecido o carro.

Deixei que minha cabeça caísse até encostar no peito dele. O que esse homem tem que me faz sentir tão confortável quando eu deveria estar cautelosa?

— Cuide-se, por favor — sussurrei, meus lábios tocando sua camiseta.

— Você, juízo. Senta lá no sofá e me espera. — Ele beijou minha cabeça e nos afastamos. Puxou-me para dentro do apartamento e começou a apontar. — Sala, quarto, cozinha. Banheiro naquela porta. Outro quarto. Se precisar de alguma coisa, a casa é sua. Eu já volto.

O apartamento dele era metade do meu. Quando nos mudamos, fugindo do último endereço, ficamos em outro prédio, esse estava sendo construído. Era aluguel temporário. Optamos por comprar um apartamento grande porque queríamos viver bem em família e ter nossa privacidade, além de espaço para nossos *hobbies*. Minha mãe gostava de fazer artesanato desde que eu era novinha e eu gostava de cozinhar, principalmente doces. Como todos tinham a mesma planta, comprei dois apartamentos e pedi que fizessem um só. Tínhamos espaço ali para nós duas e muito mais.

Eu estava divagando quando Tiago voltou. Mal ele bateu à porta, alguém tocou a campainha. Ele me olhou e fez sinal para que eu saísse de vista. Escondi-me em uma pilastra e ele abriu.

— Pois não.

— Não respondeu o que você quer com ela. — A voz que me assustava soou.

Eu suspeitei que era ele, mas não quis acreditar. O que mais Matheus poderia querer de mim?

— Bom, eu não te conheço, então não preciso dar satisfações sobre a minha vida.

— Precisa sim, porra. Thainá é minha mulher e eu não quero nenhum filho da puta procurando por ela em casa.

— Como você pode ver, este filho da puta é vizinho dela. Dela. Então, quando *ela* estiver em casa, diga que eu estou procurando por ela. *Ela*. Quantas vezes vou precisar repetir isso? Segue o seu baile, cara. Não quero confusão.

— Eu quero confusão, ainda mais se você for ficar de conversinha para cima da minha mulher.

— Vai procurar confusão em outro canto antes que eu chame a segurança. — A porta bateu. Tiago saiu do corredor e veio na minha direção pedindo silêncio. — Fica bem quietinha, ok? —Pediu baixinho. — Eu vou colocar uma música para desviar o cara.

Ele foi até o rádio e ligou deixando em uma estação qualquer. Estava alto o suficiente para que ninguém nos ouvisse, mas não para que reclamassem do barulho. Já tinha passado das 21h e o horário da Lei do Silêncio estava se aproximando.

— Ele não te feriu, não é? — perguntei, preocupada.

— Não, Thainá. — Aproximou-se, ficando a centímetros de mim. — Mas ele deve estar furioso por eu ter dado as costas e depois ter batido a porta na cara dele. — Respirou fundo. — Escuta, eu não posso deixar você voltar para lá. Podemos ligar para alguma amiga sua ou você pode dormir aqui e amanhã resolvemos o que fazer.

— Eu não quero incomodar mais do que já fiz.

— Não pensa nisso. — Ele segurou meus braços e olhou fundo nos meus olhos. — Preciso que você saiba de uma coisa, então me deixa falar, ok? Não quero que você ache que eu estou te pressionando, mas queria que soubesse. Minha mãe era bipolar e eu convivi por anos e anos com alguém que tinha flutuações de humor. Nem todo bipolar é agressivo, mas a minha mãe era. Ela tinha dois extremos: devastadoramente triste ou profundamente irritada. Lidar com ela na fase irritada me fez muito mal, porque ela me agredia e eu não sabia o que fazer, mas a fase triste era pior. Ela me fazia sentir uma pessoa ruim, um filho que não compreendia a doença dela. Ela me fazia ter pena o tempo inteiro. Isso mexia com a minha mente de um jeito que eu nem sei descrever.

Tiago não parou de falar por um minuto.

— Então eu fui embora de casa, comecei a faculdade em uma cidade bem longe. Rezava todos os dias para que ela melhorasse, ficasse bem sozinha. Continuava me sentindo mal porque: quem abandonaria a mãe assim? Ela estava doente. Só que eu tive que aprender a lidar com isso para que não me sentisse assim. Quem estava doente era ela, quem precisava mudar era ela. Eu tinha feito tudo ao meu alcance, não podia sofrer física e emocionalmente por algo assim. Nem você, Thainá. Não deixe que Matheus domine você. Não estou dizendo que ele é bipolar também, mas sei que se você está com ele até hoje, deve ser porque tem outro lado que não é violento. As palavras doces não podem servir de band-aids para as feridas. A maioria delas não pode ser curada com tanta facilidade.

Eu o puxei na minha direção e escondi o rosto no seu peito. O que ele sabia sobre a minha história com Matheus? Como nós dois poderíamos ter vivido algo tão parecido?

Não consegui colocar em palavras toda a dor que eu sentia. Só deixei que tudo saísse num choro doído enquanto Tiago me embalava em seus braços.

Tiago foi tomar um banho e fazer suas coisas quando chegamos, e eu me sentei no chão do quarto de hóspedes com algumas folhas de papel que encontrei na casa. Eu nunca me obriguei a compor, sempre foi algo que fluiu de mim com facilidade. Quando Matheus estava nos seus períodos sombrios, era mais difícil para mim porque eu não conseguia gostar de nenhuma das músicas. Acabava jogando todas no lixo, frustrada.

Dessa vez era diferente. Desde que saí do hospital sentia um comichão, uma vontade louca de colocar palavras no papel, mas isso ficou em segundo plano com tudo que estava acontecendo. Perdi a noção do tempo sentada ali, trabalhando em uma letra.

— Ei — Tiago chamou da porta e eu me virei —, está com fome?

Pensei em comer e meu estômago não gostou muito da ideia de uma refeição completa. Mesmo assim, meu cérebro sabia que eu precisava comer alguma coisa.

— Fome não, mas comer alguma coisa seria bom. O que você tem? — perguntei.

— Nada. — Ele veio caminhando pelo quarto e sentou na cama. — Mas vou no restaurante lá embaixo comprar meu jantar. Está tarde para cozinhar alguma coisa. O que você vai querer?

— No restaurante do Rick? — Ele assentiu. — Diz para os rapazes que a Thainá quer o lanche dela.

Tiago franziu o rosto com o que eu disse, mas depois acenou com a cabeça.

— Claro. Esqueci que você é uma celebridade e as pessoas te conhecem.

— Ah não... — Balancei a cabeça porque o fato de eu ser famosa não me dava favoritismo no restaurante. Era outra coisa. — Rick namora minha mãe. Por isso eles sabem o lanche que eu gosto.

— Ok, isso também faz sentido. — Ele deu de ombros. — O que você está fazendo? Posso me intrometer?

— Estou compondo. Esta letra não sai da minha cabeça por nada.

— Uau, não vou te atrapalhar! Eu tenho um violão, você quer? Ele está meio parado, mas pode te servir.

Concordei e Tiago trouxe o violão para mim. Depois saiu para comprar o nosso jantar. Fiquei ali, só com a luz da lua me iluminando enquanto escrevia e colocava ritmo na música. Perdi a noção do tempo outra vez. Quando vi, as emoções já me dominavam. Deixei o violão encostado na parede e abaixei a cabeça. As lágrimas desciam e eu só podia pedir que elas levassem embora toda a dor que eu sentia para que eu pudesse voltar a ser feliz.

POR FAVOR

Sexto

Cause that's what friends are suppose to do.
Isso é o que fazem os amigos.
Count on me - Bruno Mars

Amanheci o dia fazendo ligações.

Tiago tinha um quarto extra e foi lá que eu dormi. Ainda usava a mesma regata que ele tinha levado para mim no hospital, mas troquei o jeans por um shortinho que ele tinha colocado na bolsa para mim. Nós nos separamos depois de comermos com o aviso de que estaria no cômodo ao lado se eu precisasse. Quando abri meus olhos na manhã seguinte, estiquei a mão para o celular. Uma determinação estranha de ligar para as meninas tinha se apossado de mim. Não reparei nas horas porque não queria perder tempo e desistir da minha missão. Paula era a última delas que eu tinha discado, então foi para quem eu liguei primeiro.

— Que foi? — resmungou, sonolenta.

— Amiga... — Parei e respirei, a vontade de chorar estava voltando e eu não iria permitir. — Vem aqui em casa.

— Thai, é tipo, de madrugada ainda. Do domingo!

— Paula, por favor. — Havia um tom de súplica na minha voz dessa vez.

— O quê? — Ela pareceu perceber que algo estava errado. — Aconteceu alguma coisa? — Ouvi o barulho de lençóis.

— Só vem para cá, por favor, que eu explico.

— As meninas vão também?

— Eu vou ligar para todas elas assim que desligar aqui.

— Na sua casa, ok. Estou indo. Beij...

— Não, aqui em casa não. No vizinho. 704. Não fala para ninguém que não seja uma Lola.

— Você está no seu vizinho? Por que você está no seu vizinho? — Eu já conseguia ouvir barulhos do outro lado. — Ai, porra. — Seguiu-se um gemido de dor.

— Que foi?

— Bati o dedinho no pé da cama porque simplesmente pulei correndo e esqueci de acender a luz. Espera, Thai, já estou chegando. Você está bem, né? Não foi sequestrada?

— Não fui sequestrada.

— Então *tá*, tchau.

Ela desligou e procurei a próxima da lista. Raissa.

— Bonitinha, você sabe que são 6h da manhã de um domingo e a gente não tem compromisso hoje para acordar em horário estranho? — Atendeu o telefone e, depois de me metralhar com palavras, bocejou.

— Eu sei, Rai, desculpa.

— Tudo bem, eu estava aqui rolando o *feed* do *Instagram*. O que houve?

— Aconteceu uma coisa. Você pode vir aqui em casa?

— O quê? Engravidou? — perguntou alarmada.

— Não! Longe disso — respondi de imediato.

— Ah, graças a Deus. — Soltou um suspiro aliviado. — A gente não está podendo parar a banda agora por causa de bebês. Mas se não é isso, o que é tão urgente?

— Preciso que você venha para eu contar.

— Eu, hein. Quanto segredo. Já estou indo, espera com o café pronto.

— Eu estou no 704, meu vizinho.

— Ih, como assim? Matheus sabe disso?

— Rai, por favor. Eu conto aqui.

— *Tá* bom, *tá* bom. — E desligou.

Meu celular começou a tocar.

— Paula já soou o alarme, já estou saindo daqui — Ester disse assim que eu atendi. — Falta a Rai e a Bia.

— Eu já falei com a Rai.

— Então falta só com a Bia. *Se cuida*, garota. E prepara essa história porque eu quero saber direito o que está acontecendo. Beijo.

Assim que ela desligou eu achei o número da Bia. De todas as cinco, nós duas somos as mais desaceleradas. E como Ester já sabia, eu tinha que agilizar porque logo ela estaria aqui tocando a campainha de Tiago.

— Estou ouvindo — respondeu no primeiro toque, a respiração ofegante.

— Bia, não estou atrapalhando?

— Não, amore. Pode falar. Só estou fazendo minha corrida.

— Eu precisava que você viesse aqui. Aconteceu uma coisa.

— Eita, *pera*. — Pelo barulho e a respiração, ela tinha parado o que estava fazendo. — Agora fala.

— Eu prefiro dizer aqui. Você pode vir?

— Espera, já chego.

— Eu estou no vizinho, 704.

— Quinze minutos.

Eu duvidava que uma pessoa normal fizesse 12km em 15 minutos, mas se ela disse que faria, eu acredito.

Decidi levantar e chamar Tiago porque estava convidando cinco pessoas para a casa dele. Bati na sua porta de leve com certo medo de acordá-lo. Ouvi um murmúrio dizendo que já iria. Ele terminava de vestir a camisa quando puxou a porta. Não tive a intenção, mas vi o abdômen plano.

— Tudo bem? — A voz rouca e a cara amassada não deixava mentir, ele tinha acabado de acordar.

— Desculpe por te acordar — disse logo após confirmar que estava bem. — Liguei para as minhas amigas, elas estão vindo aqui. Você se importa de elas invadirem a sua casa?

— Não, não me importo. Fico feliz por você ter decidido falar com elas. — Tiago bocejou e eu me recriminei por tê-lo acordado. — Quando elas chegarem eu vou descer para comprar pão do café da manhã e sondar se Matheus ainda está por aqui. Assim vocês podem conversar à vontade.

— Eu vou ser grata a você eternamente, Tiago. O que você tem feito por mim...

Ele colocou a mão no meu ombro e deu um sorriso de lado.

— Só me promete uma coisa, *tá?* — Assenti, porque eu estava em dívida eterna com ele. — Nunca mais deixa esse babaca ou qualquer outra pessoa fazer isso com você, Thainá. Você é uma preciosidade e não merece ser tratada como foi.

Oi?

Depois de beijar minha testa, Tiago disse que ia se vestir e entrou no quarto de novo. Fiquei em choque por alguns segundos porque simplesmente não sei lidar com esse tipo de elogio, ainda mais de alguém que eu tinha acabado de conhecer. Isso só mostra quão único Tiago é. Recobrei a compostura, fui para o quarto de hóspedes e disquei para minha mãe. Essa era a chamada mais difícil de fazer.

— Bom dia, filhota! — A animação, mesmo tão cedo mostrava que minha mãe e Rick tinham começado bem o dia.

— Bom dia, mamãe. Como estão as coisas por aí?

— Tudo maravilhoso, querida, mas já disse ao Rick que vamos voltar depois do café da manhã. Estou com saudades da minha filhotinha.

— Mãe... — reclamei, porque ela não precisava vir para casa por mim. Teríamos muito tempo para matar as saudades.

— Não brigue comigo. Assim como a gente tem muito tempo para matar as saudades depois, eu posso viajar com Rick outro dia. Estou sentindo que você precisa de mim, não sei por quê. Intuição de mãe.

— Mãe... — Dessa vez a voz saiu como um lamento.

Era difícil segurar o choro com ela. Dona Roberta é minha rainha das Amazonas, minha guerreira. É quem sempre resolveu tudo para mim, cuidou de mim. Mesmo com todas as dificuldades, esteve ao meu lado. Lutou e sonhou comigo. Eu era imensamente grata por poder chamar essa mulher de minha mãe.

— Que foi, filha? O que aconteceu? Eu sabia que tinha alguma coisa errada. Coração de mãe não se engana, sabe de todas as coisas.

— É o Matheus, mãe.

— O quê? O que ele fez? Ele não é burro de terminar com você, minha filha. Fala qual foi a merda.

— Ele me bateu, mãe. Ele me bate.

Levou uns dois segundos até que ela respondesse, tempo suficiente para que toda a minha história com ele passasse na cabeça.

— Ele te bateu, Thainá? Ontem? Ele te bateu ontem à noite?

— Sim — eu gaguejei. — Não. No dia que eu cheguei de viagem. — Respirei fundo mais uma vez criando coragem para continuar. — Não foi a primeira vez.

— Esse filho da puta! — Seguiu-se uma enxurrada de palavrões. — Ele não é doido de fazer isso com a minha bebê! Onde você está? Ele está com você?

— Não, mãe. Estou no vizinho.

— No Tiago? Esse menino é um anjo. Ricardo! — Ouvi o grito da minha mãe. — Deixa o café da manhã *pra* estrada. A gente tem que voltar para casa agora. Filha, presta atenção. Eu quero que você fique na casa do Tiago, bem longe desse psicopata. Se você não puder ficar na casa dele, chama o Roger ou as meninas. A mamãe já está chegando. Esse filho de uma rapariga vai se arrepender de ter encostado um dedo em você. A gente vai na delegacia, eu vou botar esse cara na prisão. Já ligou *pros* advogados da

Por Favor

41

banda? Eles têm alguém *pra* indicar? Eu posso perguntar ao Rick, ele deve conhecer alguém também.

— Mãe… — pedi sem conseguir conter o sofrimento na minha voz. Não era isso que eu queria agora.

— Fala, bebê. — Ela ainda estava aceleradíssima.

— Eu só quero que você venha para casa, por favor.

— Desculpa. — Sua voz adquiriu um tom maternal. — Mamãe já está indo. Fica bem. Qualquer coisa me liga.

— Eu te amo, mãe.

— Eu também, filha. Mais que todas as palmas do Tocantins.

Uma pequena risadinha escapou de mim. Nunca fez sentido o trocadilho da minha mãe, mas eu sempre amei. Sempre me senti extremamente amada. Mesmo depois de ter confessado algo tão dolorido para ela, essa frase me deixou feliz.

Ela desligou o telefone e eu abracei o travesseiro, enrolando-me em uma bola na cama. Deixei que mais algumas lágrimas descessem. Foi difícil dizer aquilo para a minha mãe e eu sei que seria ainda mais difícil repetir na frente das minhas amigas, mas eu precisava daquilo. Precisava de colo.

Bateram à porta e eu sabia que era Tiago. Sentei-me rapidamente e ele botou o rosto para dentro do quarto.

— Desculpa incomodar, viu? — Ele entrou e sentou na cama, trazendo-me para deitar no seu colo. Então começou a me fazer cafuné. — Escuta, eu sei que a gente se conhece há dois dias, mas eu sinto que nos conhecemos a mais, então desculpa se eu vivo invadindo o seu espaço. Eu quero que você se sinta segura e estou fazendo o que posso. Você merece o melhor, Thai.

— Você é perfeito, Tiago. Está sendo exatamente quem eu preciso nesse momento. Muito obrigada por isso. Desculpa por ter revirado sua vida de cabeça para baixo.

— Não se desculpe. Eu… — A campainha o interrompeu. — Deve ser uma das suas amigas. Avisei na portaria que elas estavam chegando e poderiam subir. *Me deixe* abrir.

Sentei-me e sequei as lágrimas. Queria saber o que ele ia dizer? Claro que sim. Tudo o que ele dizia estava se tornando importante para mim. Levantei da cama e fui para a sala, só para ver Paula entrando na casa com Ester a tiracolo.

— Pelo amor de Deus, Thainá, corri a meia maratona para chegar aqui.

Espero que a coisa seja séria. — Então ela me viu e congelou.

Será que eu estou tão mal assim?

— Thai, o que houve com você? — Ester disse também congelada.

Olhei para Tiago nervosa. Não tinha me olhado no espelho desde que aconteceu, então nem imagino como estou.

— Ela está bem agora, meninas. São só machucados, mas logo ela vai se curar.

— Meu Deus! — Paula disse e me puxou para um abraço. Enquanto eu chorava, a campainha tocou de novo. — Quem foi que fez isso com você, minha bebê?

Senti os braços de Ester me envolverem também, enquanto ouvia os passos de Tiago se afastarem.

— Cheguei, agora desembucha — Bia pediu, também antes de nos ver abraçadas. — Pelo amor de Deus, o que houve com esse choro todo? — Senti seus braços me envolverem também.

— Alguém machucou a nossa bonequinha — Ester disse.

— Droga, Thai, você está toda machucada. Porra, quem fez isso?

— Thai, eu vou deixar vocês e fazer o que eu prometi — Tiago disse, colocando a carteira no bolso da bermuda. — Garotas, vocês cuidam dela?

— 'Tá com a gente, 'tá com Deus, bonitão. Obrigada por cuidar da nossa menina — Ester respondeu de pronto.

Tiago acenou e saiu de casa. Nós nos sentamos no tapete da sala dele. Faltava Raissa e eu disse que não contaria nada até que ela chegasse. Tinha uma mensagem no nosso grupo do WhatsApp dizendo que ela estava vindo com Roger. Eu não vi, as meninas que viram. Segundo elas, minha mãe tinha mandado mensagem para cada uma pedindo que viessem dar uma olhada em mim e não saíssem do meu lado até que ela chegasse no Rio. Não disse para ninguém o que tinha acontecido.

Perdi a noção do tempo enquanto era acalentada pelas minhas amigas. Foi Bia quem abriu a porta para Rai e Roger. Ela estava toda risonha, mas ficou imediatamente séria quando me olhou. Roger franziu o cenho.

— Parece pior hoje, Thai — disse, passando a mão em um corte no meu rosto.

— Hoje? O que a gente perdeu? — Paula reclamou.

— Agora que já está todo mundo aqui, desembucha, Thainá. Que eu não aguento mais ficar imaginando as seiscentas possibilidades.

— Meninas, é uma situação delicada. Respeitem o espaço dela — Ro-

POR FAVOR

43

ger pediu.

— Eu não sei por onde começar — confessei, minha voz saindo trêmula.

A verdade é que eu confio em cada uma daquelas meninas, mas eu estava me sentindo pressionada. Elas não entenderiam e pediriam por respostas que eu não tenho. A principal delas, que é a que eu tenho certeza de que alguém faria: por que eu me sujeitei a isso por tanto tempo?

— Amiga, começa pelo principal. O que aconteceu para você estar toda machucada desse jeito? — Rai orientou.

— Foi o Matheus.

— Aquele filho da...

Foi uma sessão de xingamentos. De todos os lados, as meninas estavam impacientes, destilando ameaças.

— Meninas, foco. — Roger pediu. — Eu preciso que você conte essa história direito, Thai. E preciso que vocês fiquem caladas, Lolas.

Nós concordamos em fazer nossas partes e as meninas se acalmaram. Todos me olhavam ansiosos e eu respirei fundo antes de começar a falar tudo sobre meu relacionamento com Matheus desde que a gente se conheceu.

Sétimo

No jodas nosotras. Me and my girls.
Não fode. Somos eu e minhas garotas.
Me & My Girls - Selena Gomez

Foi como abrir as portas de uma usina hidrelétrica.

Depois que comecei a falar sobre todo o meu relacionamento com Matheus, nada me fazia parar. Contei como foi o nosso começo, que ele era um garoto doce, meu príncipe encantado. Que a gente fazia passeios baratos e dividia barra de cereal quando estávamos com fome. Contei que esse foi o melhor período do nosso relacionamento, porque estávamos sempre felizes. Então veio a fase ruim, quando ele começou a se fechar e explodir para cima de mim. A primeira vez que ele me agrediu, que me obrigou a fazer sexo quando não queria. Falei de como tudo foi piorando com as distâncias, a fama. Das diversas vezes que fui humilhada por ele. De apresentações que tive que esconder hematomas de todos eles.

Quando acabei, aquelas cinco pessoas sabiam do pior que tinha acontecido na minha vida. Achei que me sentiria humilhada, mas simplesmente não consegui. O peso que tinha saído dos meus ombros era tão grande que foi a melhor sensação do mundo me livrar dele.

Todas as Lolas choravam. Até mesmo Bia, a que não chorava nem assistindo uma maratona de filmes melosos, com "P.S. Eu Te Amo" e "Meu Primeiro Amor" na lista. Elas me abraçaram tão forte, tão forte, que pareciam me devolver cada pedacinho de força que doei nos nossos cinco anos de amizade. E esse momento de amor entre a gente... Eu vou guardar tudo isso para sempre.

— Thai... Você foi tão forte! — Paula disse, as lágrimas atrapalhando suas palavras de saírem corretamente.

— Esse tempo inteiro, você foi uma rocha para nós, mas por dentro estava sofrendo tanto — completou Ester.

— Por favor, não deixa esse cara fazer mal a você de novo — Rai pediu e eu quase não conseguia ver os seus olhos de tantas lágrimas que o embaçavam.

Depois de prometer a elas que Matheus nunca mais iria me ferir ou sequer tocar em mim, elas queriam que eu fosse à polícia. A verdade é que eu não estava pronta para isso nem achava que esse era o caminho certo.

O abraço em grupo tinha sido desfeito, mas Ester ainda me envolvia. Era bom, eu me sentia protegida. Naquele momento era tudo o que eu queria sentir.

— Não quero que ele seja preso, quero que procure tratamento.

— Thainá, tratamento para quê? Pelo amor de Deus, ele é um maluco! — Roger reclamou.

— Ele está doente. Não sei o que é, mas sei que é alguma coisa. Ir para a cadeia só vai fazer que ele alimente mais ódio para quando sair. Sabemos como nosso sistema prisional é ruim.

— Mas, amiga, você não pode esperar que ele nunca mais tente se aproximar de você. Precisa se proteger para quando ele vier — Paula argumentou.

— Vou fazer tudo isso, gente. Só não hoje, não agora.

Ouvimos o barulho da porta e tudo o que eu podia pensar era em quão bom o *timing* do Tiago era.

— Espero não estar interrompendo nada — disse quando chegou e viu que tínhamos nos silenciado.

— Não interrompeu — respondi.

Tiago se aproximou do lugar em que eu estava sentada no chão. Desencostei-me de Ester, já que estive em seus braços todo esse tempo.

— Falei com o porteiro, ele disse que o carro do seu namorado saiu de madrugada. Disse a ele que você queria proibir a entrada dele aqui, espero não ter passado do limite.

— Não, não passou. Eu agradeço.

— Ele me disse que você precisa ligar para a administração do condomínio e pedir para retirarem a permissão dele, que eu não posso fazer isso. Seria bom fazer logo.

Concordei, pois ele estava certo.

— De novo, muito obrigada.

— Não me agradeça, a gente já conversou sobre isso. Eu trouxe pão para vocês tomarem café da manhã, mas também trouxe uma fechadura nova para a sua porta. Se estiver tudo bem, posso ir lá trocar assim que nós comermos.

Olhei no fundo dos olhos dele. Tão castanhos, tão brilhantes. Mostravam tanta preocupação e zelo. Sortuda ia ser aquela que conquistasse o coração desse homem.

— Como você espera que não te agradeça depois de um gesto desses?

— Quero que me agradeça ficando segura. — Piscou para mim e olhou para o restante do meu grupo em seguida. — Vocês estão com fome? Posso passar um café enquanto vocês conversam.

— Não quero mais atrapalhar. Se Matheus não está em casa, eu já posso voltar para lá.

— Depois do café — disse, soando quase ofendido. — Eu não fui na rua buscar isso tudo de pão à toa. Fiquem e esperem enquanto eu coloco a cafeteira para trabalhar.

Ele se afastou e eu voltei a olhar para as minhas amigas. Ester olhava na direção do Tiago, Bia também. Rai e Paula comentavam alguma coisa entre elas. Roger estava no celular. Ester me puxou na direção dela e sussurrou ao meu ouvido.

— Porra, que bunda gostosa a desse menino.

Bia riu, mesmo que minha amiga tenha se esforçado para dizer só para mim.

— Miga, você não tem jeito mesmo.

— Bia, você também olhou. Não se faça de santa, égua. — Apontei.

— Eu olho mesmo — rebateu. — E para de me chamar de égua, caralho, que eu não sou mulher de cavalo nenhum.

— Chamo de égua, sim, que égua não é xingamento. Deixa minhas gírias, carioca. Foca no fato de você e dona Ester só saberem olhar *pra* bunda do meu vizinho.

— Ah, para de ser santa, Thai — Ester comentou. — Olho e comento porque não foi à toa que Deus me deu o dom da voz. Foi para usar, desde que eu não ofenda ninguém.

— Do que vocês estão falando? — Rai perguntou depois que ela e Paula deixaram de cochichar. Bia, que estava ao seu lado, disse no ouvido, um pouco mais discreta que Ester.

— Vamos respeitar a fila, meninas. A Thai viu primeiro — Paula comentou, depois de Rai dizer a ela também.

— Gente, pelo amor de Deus. Eu não vi nada. Estou solteira há vinte minutos e vocês já querem me comprometer?

— Amor, pensa a longo prazo. Quem nunca sonhou em ter um vizinho delícia? — Ester disse.

POR FAVOR

— Nossa, já pensou? Vizinhos coloridos? — Bia completou.

— Sério, não consigo nem pensar nisso agora.

— Thai, nunca ouviu falar que um coração partido se supera com um novo amor? — Rai insistiu.

— Roger, me salva — pedi logo que vi que ele estava rolando o *feed* do *Instagram*.

— Estou fingindo não ouvir vocês falarem de homem comigo bem aqui.

— Sem drama, Roger. A gente fala de homem o tempo inteiro — disse Paula e ela tinha razão. Era um dos tópicos favoritos das Lolas. — Assim como você deve falar com seus amigos do sexo masculino.

— Meus amigos do sexo masculino são colegas de trabalho. As únicas mulheres que a gente fala são vocês.

— Roger, aquela reunião que você queria ter com a gente. Não quer aproveitar agora? — perguntei tentando me livrar daquele assunto de alguma forma.

— Você está pronta para falar de trabalho?

— Sim, é uma forma de me distrair de tudo.

— Tudo bem se a gente falar sobre os próximos meses, Lolas? — Roger perguntou às meninas, que logo concordaram. — Tudo bem, então vamos lá. — Vi quando ele abriu o bloco de notas do celular com algumas anotações.

Ele estava com duas viagens internacionais programadas para nós no próximo trimestre. Tudo isso para a promoção do novo CD. Combinamos de diminuir nossa folga de duas semanas, já que tinha sido eu a pedir isso anteriormente. Deixamos para fazer essa pausa no Natal. Começa dia 17, para ser mais precisa.

Surgiu a ideia de lançar o CD ainda aquela semana, adiantar as coisas. Estava tudo pronto mesmo, nós só esperávamos uma melhor data dentro do calendário de lançamentos da gravadora. Como éramos as artistas mais rentáveis lá dentro hoje, tínhamos o direito de escolher mudar a data para promover melhor. Decidimos então que após o lançamento, na sexta-feira, cairíamos na estrada. Pequenas festas onde fosse possível visitar lojas e pequenas casas de show. Invadindo palco de artistas amigos, festas de fim de ano de empresas como o *YouTube*. A ordem era Sudeste, Nordeste, Norte e Centro do Brasil. Depois, pausa para o Natal. Na volta, Sul para finalizar. Então iríamos para fora: Austrália, Europa, EUA, América Latina. De rádio em rádio, programa em programa.

Nós nos distraímos totalmente com o planejamento. Quando vi, Tiago chegava com uma garrafa de café e copos em uma bandeja.

— Desculpe transformar sua sala no quartel general das Lolas — Roger disse pegando a bandeja da mão dele.

— Por nada. Só peço desculpas por agora saber quais são os próximos passos das Lolas pelos próximos meses. — Espera, ele estava ouvindo? — É que a cozinha é aqui ao lado, então eu posso ouvir o que vocês conversam.

Puta que pariu!

Nós nos entreolhamos rapidamente, sabendo o que ele tinha ouvido. Tiago sabia o que achávamos da bunda dele.

Foi impossível segurar a risada. E quando uma de nós ria, as outras não conseguiam segurar. Nem Roger se manteve sério.

— Dá *pra* ouvir tudo o que as meninas falam, então?

Tiago só riu, concordando.

— Ah, não fode, Tiago — Ester falou sem se importar com meias palavras. — Fofoca de garotas aqui, falei mesmo. Você tem uma bunda maravilhosa. A gente pode seguir o baile agora?

Quis enfiar minha cara debaixo do sofá depois do desabafo dela, mas as meninas só sabiam rir. Essa era a melhor coisa de estar entre elas: se um dia fui triste, não me lembro.

A campainha tocou quando eu estava no chuveiro. Ester tinha ficado me fazendo companhia e estava no meu quarto vendo *Netflix*. Roger estava no meu escritório trabalhando.

— Eu vou ver quem é — gritou para mim.

Quando saí do chuveiro, a TV tinha uma imagem de *Scandal* congelada, Olivia Pope com os olhos arregalados de ódio. Ouvi vozes vindas da sala, então terminei de me vestir e fui até lá.

— Eu estou no quarto com a Thai. Se você precisar de alguma coisa, é só chamar — Ester disse para alguém que estava no *hall* e eu não podia ver.

— Claro, eu aviso — respondeu Tiago. A voz era inconfundível.

Ester virou na minha direção e sorriu.

— Amiga, seu vizinho bonitão veio trocar a fechadura.

Ouvi o barulho de alguma coisa caindo no chão e passos.

— Oi, Tiago. Desculpe os modos da Ester — comentei. Não que ele estivesse reclamando de ser elogiado pelas minhas amigas. Pelo menos por enquanto.

— Oi, Thai. Como você está se sentindo?

Vestia uma bermuda de tactel azul-escura, regata preta e Havaianas. Muito carioca mesmo.

— Estou bem, obrigada.

— Eu vou levar essa garota para refazer os curativos. Depois vocês batem papo — Ester disse e nós concordamos. Tiago acenou e eu balancei a cabeça como um cumprimento. Voltei com Ester para o quarto e ela passou a chave. — Olha, sendo bem sincera, eu não sei o que seria de mim com um vizinho desses — começou enquanto entrava no banheiro. — É um gato, simpático, cheiroso e ainda troca a sua fechadura, pelo amor de Deus.

— Ah, Ester — disse entre risos. Tirei a camisa por cima da cabeça e sentei na cama. — Quem dera eu tivesse espaço na mente e no coração para pensar no Tiago dessa forma.

— Sério, Thai — começou, vindo na minha direção com o kit de primeiros socorros. — Eu entendo que você amava o Matheus, ninguém aguenta o que você aguentou se não estiver apaixonado, mas nem uma quedinha? Nada? Não estou dizendo que você deve ir até ele agora mesmo e declarar seu amor. Mas o coração não bate mais forte quando o vê?

— Não posso ser hipócrita e dizer que não, sabe? Ele é um homão da porra. Ainda mais depois de tudo o que fez por mim sem nem me conhecer. Sinto-me segura com ele e, se não fossem todos esses sentimentos confusos dentro de mim, provavelmente estaria babando como vocês. O problema é que não parece realidade o que eu estou vivendo. Sou uma mulher solteira agora, mas ainda não processei isso. Matheus sempre foi meu futuro, era com ele que eu iria envelhecer. Pensar em algo diferente disso, por enquanto, é impossível para mim. Espero que as coisas mudem em breve, porque eu não gostaria de deixar um homem como ele escapar. Ainda mais se ele estiver, de fato, interessado.

— Ah, miga, eu acho que ele está interessado sim, só não foi mais incisivo porque está te dando tempo. Tiago é esperto, já deu para perceber.

— E você vai continuar falando dos atributos físicos do menino na frente dele?

— Ah, meu bem! — Ela pegou uma gaze dentro do kit e embebeu de remédio. — Depois que ele deixou claro que nos ouviu falando da bunda dele, é bom que ele saiba que eu vou envergonhá-lo todas as vezes que a gente se encontrar.

Ester começou a cuidar dos meus machucados e eu fiquei impressionada com a velocidade. Parecia já ter feito aquilo muitas vezes e ela me disse que sim. Brincou muito na rua quando criança, teve muitos arranhões para servirem de experiência. Deixou a porta entreaberta quando terminamos e fomos as duas para debaixo das cobertas ver Olivia Pope e seus associados.

Comecei a ver *Scandal* e *How To Get Away With Murder* por causa da Ester. Ela é apaixonada pela Shonda Rhimes, por ser uma mulher negra que dá destaque para outras mulheres negras nas suas séries. Ela prefere Olivia e diz que é porque nós poderíamos usar sua influência para conquistar o mundo. Eu sou mais do time Annalise Keating, porque o que aquela mulher faz em um tribunal é de outro mundo. De todo jeito, eu também aplaudo a Shonda, mesmo não sendo negra. Tudo o que ela alcançou dentro do mundo do entretenimento, todo o preconceito que ela venceu, serve de exemplo para a minha melhor amiga e milhares de mulheres ao redor do mundo.

Estávamos terminando o primeiro episódio quando a voz de Tiago veio pelo corredor.

— Ei, desculpa continuar invadindo sua privacidade — disse com uma carinha de quem sente muito. — Terminei de trocar sua fechadura. As chaves estão aqui. — Colocou-as sobre a minha penteadeira que ficava perto da porta.

— Quanto foi? — perguntei. — Ester, pega minha carteira, por favor?

— O quê? — questionou Tiago.

— A fechadura.

Ele riu e balançou a cabeça.

— Depois eu venho aqui e peço uma xícara de açúcar como pagamento. Vou ficar em casa, se precisar de mim. Fazer aquela faxina que eu estava devendo. — Ele piscou. — Ester, você pode fechar a porta para mim?

— Claro! — ela disse saindo da cama.

— Obrigada, Tiago! Pela fechadura. Por tudo.

— Não foi nada. — Piscou outra vez e saiu do quarto.

Ainda sem saber como agradecer, assisti enquanto os dois saíam do meu quarto. Na volta, Ester trouxe a minha mãe.

Quer dizer, minha mãe veio na frente e eu já ouvi do corredor.

PoR FAVOR

— Minha filha do céu, eu estava preocupada. — Veio na direção da cama. — Jesus amado! — exclamou quando olhou para o meu rosto. — Acende a luz, por favor, Ester. — Minha amiga fez o que minha mãe pediu. — O que aquele safado fez com a minha filhotinha? — Começou a me apalpar procurando por feridas nos meus braços, rosto, nuca.

— Mãe, vai devagar — pedi, com medo de que ela apertasse mais do que deveria.

— Desculpa, filha, desculpa. — Tirou a mão e cobriu a boca com as duas. Então me olhou e lágrimas imediatamente brotaram dos seus olhos. — Desculpa, filha. — Puxou-me para os seus braços.

— Ah, mãe, não chora. Eu estou bem.

Ouvi o barulho da porta do quarto fechando levemente. Provavelmente Ester, para nos dar espaço. Minha mãe quis saber de tudo e eu contei. Desde quando Matheus começou a me agredir até a última vez, a fatídica. Ela se lembrou das vezes em que nos viu brigar e o viu furioso. Vezes em que não consegui esconder machucados dela. Foi duro revisitar tudo isso, mas não tanto quanto imaginei. Minha mãe me abraçava e era como se os meus problemas não fossem tão grandes assim, porque eu tinha minha rainha das Amazonas para me ajudar.

— Desculpa, filha. Desculpa por não ter percebido que você estava sofrendo. Como sua mãe eu deveria saber. Perdoa a mamãe por ser tão negligente.

— Eu te amo, mamãe. Você está aqui agora e é isso que importa.

Oitavo

You love when I fall apart (fall apart), so you can put me together and throw me against the wall.
Você ama quando eu me desfaço, então você pode me refazer e me jogar contra a parede.
Love On The Brain - Rihanna

Respirei fundo em frente ao espelho. Thainá, garota, vamos lá. Você consegue. Já fez a mesma rotina várias vezes antes.

Corretivo de base amarela para esconder os hematomas mais visíveis. A maioria ainda estava roxa, mas alguns já começavam a migrar para o verde. Depois do corretivo adequado em todas elas, a base. Por último, pó.

Roger pediu permissão para contar a Elaine, nossa figurinista, sem entrar em detalhes. Ela preparou looks pretos de couro para nós. Eu vestiria um macacão preto de mangas compridas todo colado com botas de salto, gargantilha e os cabelos presos no alto. Por isso que era importante que a maquiagem do rosto ficasse bem feita.

Não demorou e eu já conseguia fazer as coisas por conta própria, sem ter de me escorar nas minhas amigas. Mesmo assim, todas elas estavam na minha casa se vestindo. Enquanto eu fazia todo o procedimento no rosto, elas entraram no banheiro várias vezes para pegar coisas emprestadas. Parte da nossa equipe estava lá também: Ju, que estava terminando o cabelo da Ester; Camila, nossa estagiária de produção, que ajudava no que fosse preciso; Wagner, nosso coreógrafo; além de Elaine. A banda já estava no estúdio com Roger. Mamãe era a responsável por nos levar no horário, já que ela se recusava a sair do meu lado.

Como o cuidado comigo estava exagerado, fui a primeira a ficar pronta. Sentei-me em uma cadeira na sacada da sala com meus fones de ouvido enquanto esperava. Tocava uma das nossas músicas e eu cantava as partes das outras meninas, um ritual meu para que eu soubesse a música inteira, caso precisasse cobrir alguém por algum motivo.

Levei um susto quando meu telefone começou a tocar e atendi sem olhar. É horrível quando isso acontece e a gente está de fone de ouvido.

— Oi!

— Bebê — a voz chorosa de Matheus me cumprimentou. — Graças a Deus você atendeu, amor.

Eu fiquei congelada. Sei que deveria reagir, desligar o telefone. Só que não mando nas minhas próprias ações quando estou assim sob pressão. Ainda mais nesse caso, com tudo tão fresco na mente e no coração.

— Por favor, Thai, fala comigo. Eu fui tão estúpido com você. Por favor, *me perdoa*. Eu não deveria ter feito nada daquilo. Thai... — A voz dele quebrou e eu pude ouvir o choro do outro lado da linha. — Thai, por favor, não desiste da gente. Diz onde você está que eu vou aí, a gente precisa conversar.

— Não!! — saiu da minha boca em tom baixo. Ele ouviu.

— Por favor, Thai. Você prometeu, lembra? Prometeu que nunca ia me deixar, mesmo se eu fizesse uma bobagem sem tamanho. Mesmo quando eu deixasse de te merecer.

Ah, o ponto fraco.

Eu prometi. Prometi que nunca o deixaria, que sempre estaria com ele. Prometi isso tantas e tantas vezes.

Por um tempo eu cumpri. Aguentei cada abuso físico, emocional, sexual. Agora não mais. O amor que eu sentia por ele era como um elástico. A cada vez que ele me machucava, o elástico se abria um pouco mais. Da última vez, ele arrebentou e não tem mais como consertar.

— Eu te amo, Thai. Fala comigo.

— Esquece que eu existo, Matheus. Você foi longe demais. Acabou.

Desliguei o telefone. Minha mão tremia incontrolavelmente. Meu corpo inteiro estava tenso. Olhei a vista à minha frente. A Lagoa de Jacarepaguá, os prédios adiante. O azul do céu. A música voltou a tocar no aplicativo, mas eu não conseguia mais me focar no que fazia. Esperava conseguir me recompor a tempo da apresentação de hoje.

— Thai — alguém chamou e eu quase caí de susto.

Tirei os fones de ouvido, olhei para trás e vi Paula me encarando. Minha respiração estava ofegante, prova de quão desestruturada eu tinha ficado.

— Oi — disse, tentando normalizar a respiração.

— Tudo bem?

— Sim, claro.

Eu deveria ter dito que não, que Matheus tinha acabado de ligar, mas todos iam ficar preocupados sem motivo. Eu só precisava me concentrar novamente.

— Ótimo. Estamos prontas para ir.

Assenti e a segui. Iríamos gravar um programa na maior emissora de TV do país. Ele ia ao ar todos os sábados, mas era gravado na quarta. Eles escolhiam toda semana uma banda que musicava o programa e essa era a terceira vez que nós éramos convidadas. A data de hoje foi uma grande surpresa, porque na segunda Roger ligou para a produção querendo agendar um dia para nós, já que o convite tinha sido para janeiro, depois de o álbum ter sido lançado. No fim, a banda que tocaria essa semana tinha desmarcado e eles estavam loucos atrás de alguém que pudesse cobrir.

Então aqui estávamos nós. A maioria das músicas do programa eram escolhidas por nós, do nosso repertório, mas alguns quadros tinham músicas específicas. Felizmente, por ser nossa terceira vez, já estávamos familiarizadas com elas.

— Cara, Thai, ainda dá *pra* ver os cortes no seu rosto — Bia comentou, tocando em um deles.

— É, eu escondi os hematomas, mas nem tudo dá *pra* esconder.

— A gente pode dizer que você caiu em um ensaio, mas já está tudo bem — Rai sugeriu. — As pessoas vão comprovar isso quando você tiver que dançar e nada acontecer.

— É, acho que é uma boa opção.

Foi o que fizemos. Chegamos na gravação direto para a passagem de som. Estávamos em cima da hora para a abertura do estúdio para os convidados, então não tivemos tempo de ver ninguém. Tocamos duas músicas, uma delas era a primeira vez. O programa iria ao ar um dia depois que o CD saísse, mas ninguém sabia disso.

Decidimos fazer o anúncio oficial de que tínhamos adiantado o CD antes da gravação do programa. Seria feito nas redes sociais deles primeiro, em um vídeo filmado no camarim. Também iríamos anunciar nossa participação no programa de sábado. Quando terminamos o ensaio e o público estava entrando no estúdio, fomos para o camarim. Já esperavam por nós com tudo preparado para a gravação. Combinamos quem falaria o que e eu fiquei responsável pela abertura do vídeo.

Vic era a apresentadora do programa que, por sinal, chamava-se Sabadão com a Vic. Era um programa jovem, com uma apresentadora amada por todo o Brasil. Nós adorávamos, porque ela é realmente uma boa pessoa. Quando chegamos, Vic também estava no camarim a nossa espera.

Por Favor

55

— Olha se não são minhas meninas favoritas! — disse assim que nos avistou.

— Vic! — Bianca disse com um gritinho. As duas eram bem amigas fora das câmeras.

Todas nós cumprimentamos a apresentadora com beijos e etc... Quando chegou em mim, as perguntas foram inevitáveis.

— Thai, tudo bem com você? — perguntou, sua mão direita apertando meu braço de leve. — O que houve com seu rosto?

Como eu ia explicar? Dizer a estranhos que eu tinha caído da escada ou algo do tipo parecia fácil, mas nunca fui uma boa mentirosa. E dar essa desculpa olhando diretamente para Vic, o rosto a centímetros do meu, não foi tão fácil assim. Por isso congelei.

— É que essa menina é muito sortuda, Vic — Ester começou a falar em tom de brincadeira, porque eu realmente não consegui dizer nada. — Caiu em um dos nossos ensaios e acabou abrindo dois cortes no rosto, ninguém sabe como.

Vic me olhou ressabiada.

— Você caiu? — Ela não parecia acreditar nisso nem por um segundo. — Mas está bem mesmo?

— Eu estou, obrigada por se preocupar. Foram apenas arranhões.

Ela realmente não parecia convencida com a situação, mas não havia muito o que eu pudesse fazer. A realidade era essa mesmo, eu tinha passado por algo traumático e não ia contar para todos. Era difícil o suficiente que as meninas da minha equipe tivessem suas dúvidas e me olhassem o tempo todo como se esperassem a minha queda.

— Todo mundo pronto? — o câmera perguntou e nós assentimos.

— Oi, Brasil! — dissemos juntas.

— Nós somos as Lolas e temos dois recadinhos bem especiais para vocês — completei.

— Na sexta-feira, nosso novo CD vai estar disponível em todas as plataformas digitais — Ester começou.

— E na segunda, ele começa a chegar nas lojas físicas — Paula terminou a frase.

— Para comemorar, seremos a banda do Sabadão com a Vic deste final de semana, 18 de novembro — Rai contou.

— Vamos cantar nossas músicas favoritas desse novo CD e também as que vocês já conhecem.

— Então anota na agenda: sexta tem CD novo e sábado tem Lolas no programa da Vic.

Nós nos despedimos e encerramos o vídeo. Vic pediu que gravássemos também uma chamada para o programa para passar durante a semana nos comerciais e nós fizemos.

O tempo passou voando. Do lado profissional, tudo correu muito bem. Infelizmente, minha cabeça ainda estava uma bagunça. Vic perguntou por Matheus, já que ele tinha vindo das duas últimas vezes em que estive no programa. Gaguejei um pouco antes de dizer que tínhamos terminado, porque não sabia se estava pronta para deixar o mundo saber do meu novo *status*.

— Não fica nervosa, Thai — Paula soprou para mim antes que entrássemos no palco do programa. — É bom que as pessoas saibam, que ele saiba que você está dando um fim. Mostra que as coisas estão diferentes agora.

Agradeci a Deus por Paula saber tanto sobre mim apenas ao me olhar.

— Eu vou ficar bem.

Mas não fiquei. Principalmente porque Vic fez questão de nos colocar em uma brincadeira idiota, em que eu tive que responder que estava solteira. Minha cabeça ficou girando com a reação que Matheus teria ao me ver falar do nosso *status* em rede nacional.

Logo após isso, era a nossa última música. Nós começamos e eu errei a parte em que deveria entrar, mas seguimos. Depois, errei minha posição na coreografia. Foi frustrante, porque eu já tinha feito aquilo diversas vezes nas últimas semanas sem perder uma batida. Paula me encarou, perguntando com os olhos se estava tudo bem. Sentia-me um pouco tonta, mas não sabia se estava mesmo ou se era só nervosismo. Então errei um passo durante o segundo refrão e caí no chão.

— Thai! — Ester gritou e veio na minha direção. Ela estava na fileira de trás junto comigo.

— Ah, porra. — Gemi, porque doía demais. Ester veio e me ajudou a levantar. Pisei com o pé esquerdo no chão e doeu. Muito. — Ah, Ester, *me segura.* — Apoiei-me mais nela.

— Thai! — Bia gritou, a primeira a me ver caída.

— Estou segurando, miga — Ester respondeu.

— *Égua*, não vai dar *pra* continuar.

Égua. Vi um sorriso começar a sair do rosto de Ester e sabia que era por causa disso. A dor era tanta que o dialeto paraense saía da minha boca

𝒫OR 𝓕AVOR

57

com facilidade.

— Corta! — Escutei alguém gritar e todo mundo parou. Houve um burburinho no estúdio e logo dois caras da produção estavam ao meu lado.

— Thainá, você está bem? Consegue caminhar? — um deles perguntou.

— Não, dói demais. — A lágrima ficou presa nos olhos. Mesmo sem fazer esforço, doía. Latejava.

— Tudo bem, vamos levar você para dentro. — Ele me pegou no colo e começou a andar.

O outro cara da produção foi na frente, pedindo que todo mundo abrisse espaço. Um monte de gente veio atrás de mim, mas eu não conseguia ver. Escondi o rosto no peito do rapaz porque as lágrimas começaram a descer.

— Desculpa, vou estragar sua camisa — disse a ele.

— Tudo bem, não tem problema. Eu sei que isso dói. Segura firme o meu pescoço, ok?

Fiz exatamente o que ele pediu. Quando vi, já estava sendo colocada sobre o sofá. O camarim estava lotado: minha equipe, a equipe do programa, as meninas da banda. Minha mãe, que veio a toda na nossa direção.

— Filha, pelo amor de Deus, o que houve?

— Calma, Roberta — Roger pediu. — Ela caiu no palco. Só isso.

— Nossa equipe de socorro já está vindo, dois minutos — o rapaz que veio abrindo caminho avisou.

Escondi o rosto com o braço, porque odiava que as pessoas me vissem chorar. Senti a calça me apertando além da conta e imaginei que o tornozelo já estivesse inchado.

— Cadê a Elaine? — gritei para qualquer um que me ouvisse.

— Elaine! — Ouvi Bia gritar e ela estava em algum lugar por perto. Em dois segundos ela chegou.

— Estou aqui, Thai. — Abaixou-se na direção do meu rosto. — Fala, anjinha. — Ela chamava todo mundo assim.

— Corta a minha calça até o joelho, por favor.

Ela assentiu e saiu. No segundo seguinte, estava lá com uma tesoura. Foi o tempo exato para a equipe de socorro chegar.

— Por favor, eu vou pedir que todo mundo saia! — gritou uma mulher ao ver quão lotado o ambiente ficou.

Não levou muito tempo para que todos estivessem fora. Eles expulsaram todo mundo mesmo, inclusive minha mãe que achou um absurdo.

58

Enquanto a moça tirava as pessoas dali, um rapaz alto, negro, de óculos se abaixou perto de mim, olhando principalmente para minha perna com a calça cortada.

Eram três pessoas ao todo. A mulher que gritou para que todos saíssem, uma loira de uns 40 anos. O rapaz negro. E mais um moreno musculoso dos olhos azuis.

— Thainá, certo? — O rapaz negro perguntou. Estava abaixado perto de mim. Eu assenti sem palavras com a beleza dele. — Sou o doutor Gabriel. Não precisa ficar nervosa, porque nós vamos cuidar de você.

— Não estou nervosa, não mais. Só está doendo muito. Obrigada por tirarem todo mundo daqui, eles estavam me deixando agitada.

— Essa é a pior parte, as pessoas. Elas acabam nos deixando nervosos. — Foi a vez do rapaz moreno, que se abaixou perto de mim também. — Eu sou Vitor. Dirijo a ambulância que fica estacionada aqui, mas sou técnico de enfermagem também.

— E eu sou a Rita, enfermeira — disse a moça que expulsou todo mundo. — Você está em boas mãos, menina.

— Conta para nós o que aconteceu, como você caiu e o que está sentindo.

Vitor e Rita deram um passo para trás, dando espaço a nós dois.

— Eu estava dançando, não sei como aconteceu. Minha amiga me ajudou a levantar, mas eu não conseguia pisar com o pé esquerdo.

— O direito está bem? — Gabriel perguntou.

— Não sinto nada nele. — Ele assentiu. — O esquerdo continua doendo, latejando.

— Ok. Eu vou examinar. Já tinha dado uma olhada e parece só uma torção — avisou, indo na direção da minha perna. — Não está doendo em mais nenhum outro lugar, certo?

— Não, não sinto dor em mais nenhum lugar.

Ele apertou aqui, ali. Depois olhou para mim bem sério.

— É o seguinte. Pelo estado do machucado, é só uma torção, mas em um grau bem leve. Não acho que precise de radiografia, mas nós podemos levar você ao hospital e pedir uma se você se sentir mais segura.

— Confio em você, doutor. E se continuar doendo, eu vou ao médico, certo?

— Isso. Eu recomendaria colocar uma tala por cinco dias, depois pegar leve e não se esforçar por mais uma semana, mas imagino que vocês estejam com a agenda cheia, certo? — Assenti e ele se virou para Vitor. —

POR FAVOR

Chama o responsável pela agenda delas, por favor.

— Roger o nome dele — informei.

O rapaz foi até a porta e eu pude ouvir o burburinho no minuto em que ele a abriu.

— Eles são mesmo barulhentos — Gabriel comentou.

— Estão preocupados comigo, eu entendo.

— Não precisam, você vai ficar bem. — Ele piscou e ouvi a porta fechar. — Roger, sou o doutor Gabriel — disse erguendo-se, e estendeu a mão na direção dele.

— Prazer, doutor — eles se cumprimentaram.

— Eu estava dizendo para Thainá que o caso dela é simples, apenas uma torção. Minha recomendação seria tala por cinco dias, repouso absoluto, depois uma semana sem se esforçar, mas ela estava me contando que vocês estão com alguns compromissos em breve. Queria discutir essa agenda com você.

Roger suspirou e puxou o celular do bolso.

— Elas têm alguns compromissos na cidade nos próximos dias. Segunda de manhã nós viajaremos para São Paulo, para começar uma semana de divulgação por lá.

— E você acha que ela pode ficar esses três dias em casa, repouso absoluto? — perguntou.

— Com toda certeza. As meninas dão conta.

— Ótimo. — Então ele se virou para mim novamente. — Vamos fazer assim: domingo à noite vocês vão ao hospital. Se estiver tudo certo, podem tirar a tala e viajar no dia seguinte. Só vou pedir para você não se esforçar. Se puder cortar as coreografias das apresentações, melhor ainda.

— Podemos fazer isso, sem problemas — Roger respondeu.

— Então temos um acordo. Eu vou receitar anti-inflamatório e remédio para dor também, ok? Vitor, Rita, deixo a tala com vocês. Vou acalmar a galera lá fora.

Eles começaram a trabalhar em mim imediatamente e doutor Gabriel saiu com Roger. No fim, ficou decidido que Vic ia avisar do meu tombo no programa e as meninas iriam regravar a última música sem mim. Enquanto preparavam meu pé, eles terminaram a filmagem. Na hora de ir para a van que nos levaria para casa, Vitor me pegou no colo. Haja força naqueles braços!

No elevador, em casa, não deixei que ninguém me levasse. Roger tinha pedido que alguém fosse comprar muletas para mim e levasse direto para meu condomínio. Quando chegamos, elas já estavam na minha portaria. Por isso, comecei a fazer uso. Enquanto esperava minha mãe abrir a porta, o segundo elevador se abriu, revelando um Tiago todo suado. Quando me viu, ele arregalou os olhos.

— Pelo amor de Deus, Thainá, você está bem? — Ele veio todo nervoso na minha direção, mas recuou quando percebeu que estava todo suado. — Ah, droga, eu estou nojento de tão suado. Fala, o que houve?

— Nada — respondi. — Estava gravando um programa e torci o pé.

— Porra!

— Nós vamos esperar lá dentro, filha — Mamãe avisou e colocou as meninas para dentro. Roger foi também.

— Mas você está bem? — Tiago perguntou assim que estávamos a sós.

— Sim, estou. Não se preocupe.

Ele expirou e pude ver que ainda estava um pouco nervoso pelo franzido na sobrancelha.

— Cuidado, ok? Se precisar de mim, é só me avisar.

— Obrigada por se preocupar.

— Não é nada. Não vou prender você aqui, deixa eu abrir a porta. Vai descansar. — Ele passou na minha frente e a abriu. Acenei para ele, que a fechou em seguida. — Se cuida — repetiu pela milésima vez.

Quando cheguei na sala, minhas amigas estavam todas atiçadas, brincando por Tiago ter ficado preocupado comigo.

— Estava vendo a hora que ele ia pegar você no colo e trazer para casa — Raissa comentou.

— Estava mais preocupada em olhar os braços dele naquela camisa regata — disse Bia.

— E eu em procurar alguma marquinha de um abdômen malhado, mas não vi nada — foi a vez de Ester.

— Porque ele não tem — soltei sem nem pensar.

Os sons de surpresa foram altos.

— Como você sabe sobre o abdômen do gato, Thainá? — Ester perguntou, mas eu não respondi, só segui para o meu quarto.

Depois de dançar e usar essa roupa colada o dia inteiro, eu precisava de um banho.

Nono

You chewed me up and spit me out like I was poison in your mouth. You took my light, you drained me down.
Você me mastigou e cuspiu, como se eu fosse um veneno na sua boca. Pegou minha luz e me drenou.
Part of Me – Katy Perry

— Dona Thainá, é o Márcio aqui da portaria principal. — De novo. Eu tinha pena do pobre do Márcio, porque todas as vezes que Matheus tentou vir aqui em casa era plantão dele. — É o seu Matheus de novo aqui na portaria. Disse que vocês voltaram e que vai falar com o patrão se a gente não liberar a subida. Fazer reclamação e tudo.

— Márcio, ele não pode entrar. Manda embora. Se fizer reclamação, pede para ligar aqui para casa.

— Tudo bem, dona Thainá. Eu vou avisar ao seu Matheus que a dona não deixou subir. Desculpa incomodar, viu?

— Não se desculpe não, menino. Eu que peço desculpas por ele ser um inconveniente.

Do dia que eu voltei para casa até hoje, domingo, era a quarta vez que Matheus tentava entrar no prédio e era bloqueado. Minha mãe e eu já tínhamos até devolvido a vaga dele na nossa garagem, mas de nada adiantou. Ele continua tentando, já que agora eu tomo mais cuidado para não atender ao telefone.

— Thainá, cheguei com visita! — gritou mamãe. Eu estava no quarto, deitada, os pés para cima.

Nos últimos dias, uma vez que eu tive que ficar de repouso absoluto, o fluxo de pessoas aqui dentro de casa tem sido enorme. Não das meninas que estão assumindo todos os compromissos sem mim, mas logo que as pessoas ficaram sabendo que eu estava nessas condições, um monte de amigos veio me visitar.

É legal ver pessoas e ter visitas em casa, foi ótimo também para manter minha mente ocupada e longe de Matheus. Quer dizer, ainda sinto um pouco de medo dele e do que pode fazer. Sinto medo de ele vir em um dia que a segurança esteja mais relaxada e alguém acabar deixando-o subir. Mas com as pessoas vindo até aqui, não pensei nisso. Deixei-me ser mimada pelos meus amigos e todos os que apareceram. Deixei-me ser mimada pela minha mãe. Só não me deixei ser mimada pelo homem que entrava no meu quarto agora. A visita da vez.

Eu deveria saber que a visita era ele, já que ninguém tinha sido anunciado pela portaria (ninguém além de Matheus) ou sequer avisado que viria. E não era também que eu estivesse evitando Tiago. Não, porque eu devia bastante ao cara. O fato de ele ter vindo até mim, *me encontrado, me salvado* e ficado comigo... Eu não sei nem dizer quão grata eu estava por tudo. Só que, como as meninas tanto brincaram, ele é lindo. Às vezes, quando não estou pensando em Matheus, eu me pego pensando nele. Na sua bondade, no seu cuidado. No rosto perfeito, na bundinha tentadora, na simpatia. No sorriso, nos olhos, no cabelo bagunçado. Na risada...

Ah, chega! Olha por onde os meus pensamentos estão indo em um milésimo de segundos.

— Ei, que surpresa boa! — disse tentando soar simpática.

Minha mãe já tinha dito alguma coisa, mas eu não ouvi porque estava encarando o rapaz como uma psicopata. Ou sociopata. Qual a diferença entre os dois, afinal?

— Oi, Thai, espero não estar incomodando.

— Não, que é isso! — respondi de imediato. Ele deu um passo para dentro e bati no espaço vago da cama para que ele se sentasse.

— Encontrei sua mãe no elevador e ela perguntou se eu queria passar aqui para te dar um oi.

— Oi.

Ele sorriu e eu senti meu peito se aquecer.

Ah, droga. Não quero sentir nada por ele. Não *posso* sentir nada por ele.

— Oi, Thai. Acho que agora é a minha deixa para sair então.

Pelo amor, não vai embora não.

— Nada disso. Faça companhia a uma pessoa acamada, por favor.

— Até quando você vai usar isso? — disse depois de rir da minha piada sem graça.

— Se estiver tudo certo, eu tiro hoje. Foi o que o médico que me atendeu disse.

— Eu lembro quando tinha 13 anos e precisei usar gesso. Dois dias antes do Carnaval, meus amigos todos programando ir para a Região dos Lagos e minha mãe não me deixou ir com eles.

Por Favor

— Onde era o gesso?

— No braço inteiro, até o ombro. Fiquei 15 dias com ele.

— Oh, pobre Tiago. Deve ter sido horrível.

— Não foi meu Carnaval favorito. — Deu de ombros. — Ainda mais quando meus amigos voltaram contando das meninas que ficaram.

— Eu não sei se é pior no braço ou na perna.

— Era meu braço esquerdo, então acho que é um empate. Se fosse o braço direito teria sido bem pior.

Perdi as contas de quanto tempo nós dois ficamos conversando. Dei espaço na cama, ele se apoiou em uma almofada ao lado das minhas pernas e nós falamos bobagens por horas. Então minha mãe apareceu no quarto.

— Ei, desculpa atrapalhar. — Nós dois paramos o que estávamos falando para olhar para ela. — Você devia comer alguma coisa antes de a gente ir no hospital.

Concordei, porque eu não queria ir para lá morrendo de fome. Peguei as muletas ao meu lado e me preparei para levantar.

— Você precisa de ajuda para alguma coisa? — perguntou.

— Não, já estou tirando de letra essa coisa da muleta.

— Mas está convidado para nos ajudar a acabar com o strogonoff, Tiago.

— Opa, não vou recusar esse convite de jeito nenhum.

Nós comemos e não paramos de rir. Minha mãe estava empolgadíssima, não sei o motivo. E era impossível negar que ela gostava de Tiago. Os dois tinham um entrosamento ótimo e eu fiquei feliz por ver dona Roberta tão relaxada depois dos dias de tensão que ela passou comigo.

— Eu vou deixar vocês dois e me arrumar, porque quero voltar do hospital ainda hoje. — Levantei da cadeira, apoiando-me no pé bom e esticando o braço para minhas muletas.

— Eu vou para casa também, já aluguei as duas por muito tempo. — Tiago se levantou. — Só vou ajudar sua mãe com a louça, mas já devo ter saído quando você voltar. — Atravessou a cozinha até onde eu estava e colocou as mãos nos meus ombros. O telefone de casa tocou e mamãe levantou para atender. — Thai, eu vi Matheus lá embaixo hoje quando estava subindo — sussurrou, aproveitando que minha mãe não estava mais ali. — Ele está te incomodando ainda?

— Sim... — Deixei o ar sair dos meus pulmões. — Ele continua ligando para o meu celular, mas não atendo. Também vem aqui e atormenta o porteiro, mas ainda não conseguiu subir.

— Entendo. — Ele assentiu. — Olha, eu quero que você fique com o número do meu celular. Se ele conseguir entrar aqui ou estiver te incomodando muito, por favor, quero que me ligue. Sei que não sou o primeiro número da sua agenda em uma situação de emergência, mas estou aqui ao lado, então pode ser que eu chegue antes dos seus amigos.

— Obrigada por isso, de verdade. Você continua sendo uma pessoa maravilhosa, como se não bastasse ter salvado a minha vida.

Tiago beijou minha cabeça, puxou-me para um abraço e sussurrou.

— E eu salvaria de novo se fosse preciso.

Nós nos afastamos e ele prometeu deixar o número com a minha mãe. Minhas muletas e eu fomos até o banheiro, onde tomei mais um dos banhos horríveis que vinha tomando nos últimos dias. Que saudades do meu chuveiro! Que saudades da minha banheira! Não poder molhar o corpo inteiro é uma merda.

Com sorte, esse seria o último.

Meu celular estava tocando quando saí do banheiro. Eu estava pensando em Tiago e se ele ainda estaria em casa, então apertei o botão verde sem nem olhar.

— Então parece que o seu telefone continua funcionando perfeitamente, você só escolhe quando atender ou não — acusou Matheus.

— Matheus, eu pedi para não me ligar mais.

— Sim, pediu também para aquele babaca da portaria me expulsar. O que eu tenho que fazer para falar com você pessoalmente, porra?

— Eu não quero falar com você, Matheus! — esbravejei.

— Puta que pariu, para de fazer cu doce, porra! — berrou do outro lado. — Já chega dessa merda, Thainá! Meu saco já encheu disso faz tempo. Você é minha mulher e sabe disso, caralho.

— Matheus, acabou. A gente não vai ficar mais junto.

— Vai sim. Você é minha. Para de graça, mulher.

— Matheus! — gritei e acho que essa foi a primeira vez que minha voz saiu tão confiante perto dele. — Chega, esquece que eu existo! Eu não te amo e a gente não vai voltar nunca mais.

— Você não é nem maluca de fazer isso, sua filha da puta. Não me faça cometer uma loucura.

— Que loucura, Matheus? É mais fácil você aceitar que a gente não vai dar certo junto.

— Que não vai dar certo o quê, caralho? Demos certo todo esse tempo! Você não vai me largar, Thainá, e sabe por quê? Porque eu acabo com a sua carreira, depois acabo com você.

— Acaba com a minha carreira?

POR FAVOR

65

— Sim, acabo. Eu tenho um monte de fotos incríveis suas aqui. Vou te fazer ser humilhada, seu maior pesadelo vai acontecer: todo mundo vai ver a puta que você é, as coisas que você fez para mim. Fotos, vídeos. Depois que o mundo inteiro souber que você é uma piranha, eu te caço e te mato, sua vagabunda.

Desliguei o telefone. Ele tinha... vídeos e fotos?

Porra, será que ele gravou as poucas vezes que eu cedi e nós fizemos sexo por vídeo? O que mais será que ele tem meu?

Eu estava tremendo e odiava isso. Deitei na cama e coloquei meus fones de ouvido. Coloquei minha *playlist* e *Queen*, da Jessie J estava tocando. A música é nova, foi lançada há dois dias, mas era um hino. Uma exaltação ao amor próprio, algo que eu precisava no momento. Eu me acalmei, respirações longas e lentas. Deixei a música repetir umas cinco vezes até me sentir melhor. Então levantei, vesti minhas roupas e fui para a sala.

Mamãe dirigiu e não disse nada por eu estar meio calada. Fiquei olhando a rua enquanto íamos ao hospital, pensando na vida e nas coisas. Era o mesmo lugar que Tiago tinha me trazido e acabei encontrando Ana, a enfermeira que cuidou de mim, logo do lado de fora. Ela parecia estar chegando para um plantão.

— Ei, menina, você aqui de novo? — disse, aproximando-se.

— É, eu caí em uma apresentação. Ana, essa é minha mãe, Roberta. — Apresentei, antes que ela reclamasse como sempre faz.

— Prazer, Roberta.

— Prazer, Ana.

— Foi só isso mesmo, menina? — perguntou, parecendo não acreditar muito.

— Sim, só isso. O médico disse que eu deveria vir hoje para ver como está tudo.

— Tudo bem, vamos entrar. Vou pedir para adiantarem as coisas para você lá dentro.

— Obrigada, Ana.

— E aquele bonitinho que veio com você da outra vez? Como diz minha sobrinha, eu *shippava* vocês dois.

Minha mãe soltou uma gargalhada tão alta que as pessoas no hospital olharam para ela imediatamente.

— Eu também *shippo* os dois, Ana, mas não agora. Primeiro, minha filha tem que esquecer o canalha que ela namorava antes, depois eu vou fazer de tudo para o bonitinho ser meu genro.

— Mãe! — recriminei.

66

— Ele é um querido! Não conheço homem que teria ficado ao lado de uma mulher do jeito que ele ficou. Foi o destaque da enfermaria naquele dia, todo mundo comentando do bonitão que veio socorrer a vizinha.

Felizmente, chegamos ao balcão e elas se afastaram, parando de falar. Minha mãe disse que eu podia me sentar, que ela ia resolver a papelada, então fiz exatamente isso. Estava rolando meu *Instagram* quando uma garota sentou no banco na minha frente. Ela permaneceu em silêncio, mas foi por poucos segundos.

— Oi. — Levantei a cabeça para ver se eu a conhecia, mas não. Pela idade, considerei ser uma fã. — Você é a Thai das Lolas, né?

Merda. Eu não tinha passado um pingo de maquiagem e os hematomas ainda estavam verdes.

— Sim, eu sou.

Vi quando a menina prendeu a respiração. Merda dupla. Por favor, não tenha um surto.

— Eu... Eu... Eu não acre-credito.

— Calma, não pira, amiga. Respira fundo. — Segurei uma das suas mãos. — Eu sou de carne e osso assim como você.

— Eu sei, eu sei. É que eu amo muito as suas músicas, amo muito as Lolas. — Ah, droga, ela começou a chorar. — Vocês são uma inspiração na minha vida. Eu sou tão grata por tudo o que vocês são, pelas músicas de vocês. São um exemplo para mim e muitas meninas.

— Oh, linda. Senta aqui ao meu lado. — Bati na cadeira e ela veio imediatamente. Passei os braços pelos seus e ela chorou no meu peito. — Obrigada, viu? Você não sabe como eu precisava ouvir isso hoje.

— O CD novo é maravilhoso, eu não consigo escolher minha música favorita ainda e eu já ouvi umas 600 vezes.

— Não precisa escolher sua favorita. Está liberado gostar de todas.

Nós duas rimos e o clima aliviou um pouquinho.

— Você pode dizer para as meninas que eu as amo muito?

— Claro que posso, mas preciso saber o seu nome antes.

— É Larissa.

— Ah, Larissa, que tal você mesma dizer? — Destravei o celular e abri nosso grupo no WhatsApp. — Meninas, eu estou aqui com a Larissa, ela é nossa fã e tem uma coisa para dizer. Se tiver alguém desocupada aí, puder mandar uma mensagem para ela, eu agradeço. Beijo. — Então soltei o áudio e entreguei o celular na mão dela, para que ela falasse também. — É o nosso grupo do WhatsApp. Aproveita.

POR FAVOR

— Mas… O que eu digo?

— Diz o que você acabou de me dizer, eu amei. Elas também vão.

Nervosa, ela repetiu basicamente o que já tinha dito antes, depois se empolgou e falou mais um monte de coisa. Foi um áudio de dois minutos. Fiquei com o grupo aberto e logo vi que Rai estava gravando um áudio. Assim que ela soltou, veio uma mensagem dizendo que era para a fã.

Deixei que ela mesma ouvisse e vi mais lágrimas saírem dos seus olhos.

Ah, os fãs. São criaturinhas tão cheias de amor! Fazem a gente esquecer todos os problemas e os caras babacas que nos ameaçam por telefone. Fazem você se sentir amada de verdade apenas com um olhar.

Minha mãe apareceu para me chamar, porque já havia um médico me esperando. Larissa me agradeceu muito, várias vezes. Acenei para ela e entrei no consultório com a minha mãe.

— Ah, mãe. Não dei nem um autógrafo para a menina — disse parando na porta. O médico já me esperava. Cacei meu bloquinho dentro da bolsa dela (eu sempre tinha um) e rabisquei um "Com amor, Thainá das Lolas" às pressas. — Você entrega?

Mamãe confirmou e eu fui em direção à sala. Enquanto eu explicava tudo o que tinha acontecido, ele foi retirando a tala que eu usava. Apertou e disse que tudo parecia estar sob controle, mas ia pedir uma radiografia só para ter certeza, já que eu não tinha feito nenhuma antes de engessar.

Um enfermeiro veio com uma cadeira de rodas e me levou para fazer o exame. Na volta, a mesma coisa. O médico receitou novos remédios e me liberou. Disse que eu deveria passar pelo menos uma semana sem fazer muito esforço com o pé e usando as muletas sempre que possível. Por enquanto, nada de salto alto. Na saída, o enfermeiro me levou na cadeira de rodas de novo. Minha mãe me olhava apreensiva, mas eu esperei entrarmos no carro para confrontá-la.

— Essa foto que você postou no *Instagram*, filha. Foi você mesma?

Ela estendeu o celular para que eu visse. Era uma foto bem provocante, que eu tinha tirado para Matheus em uma das viagens. Eu estava sem blusa, meus seios esmagados no travesseiro da cama. Só dava para ver a lateral dele e meu rosto estava cortado, mas era impossível negar que era eu. Não havia legenda, mas nem era necessário.

Eu comecei a chorar por saber que era verdade. Ele tinha fotos minhas, provavelmente essa era a menos reveladora. Apenas para provar que ele não estava brincando.

— Mãe, eu preciso ir na delegacia. Agora.

Décimo

So forget about who was wrong, because I've never been more ready to turn this page.
Esqueça quem estava errado, porque eu estou pronta para virar a página.
Dare to Believe – Boyce Avenue

— A gente precisa ir na Delegacia da Mulher, né? — perguntei à minha mãe, porque eu realmente não sabia bem por onde começar.

— Não, filha. A gente pode ir até qualquer delegacia, mas tem uma da Mulher aqui perto, então nós vamos nela mesmo. Tudo bem se eu avisar ao Roger o que estamos fazendo? Ele precisa comprar sua passagem para São Paulo.

— Claro, mãe. Já que você está dirigindo, eu ligo para ele.

Busquei o número do meu assessor e disquei. Ele atendeu no terceiro toque.

— Notícia boa, por favor.

— Uma boa e uma séria.

— Manda. Na ordem que preferir.

— O médico tirou a tala e me liberou para trabalhar. Pediu que eu não forçasse muito e não usasse salto alto. Mesmas indicações que o doutor Gabriel tinha dado.

— Graças a Deus. Essa é a boa?

— Sim, agora a séria. Minha mãe está me levando na delegacia, porque eu preciso prestar uma queixa contra o Matheus.

— É séria, mas também é boa. Você precisava mesmo denunciar esse babaca.

— Ele me ameaçou hoje, Roger. Disse que se eu não voltasse para ele, ia vazar fotos íntimas minhas. Postou uma foto no *Instagram* em que eu estou sem camisa, mas não mostro nada. Eu tinha enviado aquela foto para ele.

— Ah, Thainá... — Seu tom era pesaroso, porque ele sabia que isso ia ser um grande problema para nós.

Por Favor 69

— Eu sei. Sinto muito. Isso provavelmente vai ser uma grande dor de cabeça. Desculpa.

A culpa já começava a me corroer. Se afetasse só a mim, eu aguentaria, mas eu sabia que essa história afetaria as Lolas diretamente.

— Não se desculpe, você está fazendo a coisa certa. Precisa de mim, das garotas? Nós acabamos de jantar e podemos ir aí se você precisar.

— Não, minha mãe está comigo. Amanhã a gente viaja e vocês já trabalharam bastante ultimamente.

— Você vem com a gente, certo?

— Claro. Nada mais vai me impedir de ficar com a banda.

Nós nos despedimos e Roger disse que ia me passar as informações do voo. Mamãe segurou na minha mão, beijou-a e eu senti um pouco da sua força vindo até mim.

Na delegacia, eu dei a sorte de não haver ninguém esperando. Logo que coloquei um pé lá dentro, um policial acompanhava duas garotas até a porta. O homem era forte, aparentemente sarado. Tinha a barba bem-feita, cabelo cortado na máquina 1. Sério, olhou para mim logo que a porta se fechou.

— No que posso ajudar, senhora?

O que eu deveria dizer? Confesso que estava nervosa e as palavras faltaram na hora, mas criei uma coragem que ainda não sabia de onde havia tirado.

— Eu… — Respirei fundo e recomecei. — Eu quero fazer uma denúncia… — O policial assentiu, encorajando-me. — Contra o meu ex-namorado.

— Tudo bem. Se a senhorita não se importar, vou pedir para que entre comigo para podermos conversar sobre isso.

Eu assenti e ele deu um passo atrás.

— Mãe, você espera? — pedi. Por algum motivo, eu tinha que fazer isso sozinha.

— Claro, filha, mas vou estar aqui caso precise de mim.

Beijei seu rosto em agradecimento e segui o policial. Ele abriu a porta de uma sala, que mais parecia um escritório. Alguns papéis estavam sobre a mesa, mas ele os guardou em uma gaveta e pediu que eu sentasse.

— Você quer uma água, café…?

Ah, café. Café seria bom.

— Eu agradeceria se você pudesse trazer um café.

— Claro, já volto.

Foi rápido mesmo. Antes que eu pudesse sequer pensar no que estava fazendo, ele estava de volta com uma bandeja e dois copinhos plásticos de café.

— Tudo bem se eu gravar o áudio da nossa conversa? Vai ajudar na construção do seu caso depois. — Eu concordei. — Vou precisar que a senhorita faça um consentimento verbal, pode ser? Apenas diga seu nome e que autoriza que o depoimento seja gravado.

— Meu nome é Thainá Ramos e eu autorizo a gravação do meu depoimento. — Fiz o que ele pediu.

— Bom, senhorita, deixe-me fazer uma apresentação, porque não fui muito educado. Meu nome é Bruno Santana, eu sou investigador da Polícia. Se você não se sentir à vontade para contar o que aconteceu, podemos interromper a qualquer momento e eu peço a outro policial para ouvi-la. Temos duas mulheres hoje no plantão se preferir.

— Tudo bem, já falei sobre isso com outros homens. Acho que não vai ser um problema.

— Então me fale sobre a denúncia, por favor.

— Eu devo contar a história completa? Todo o nosso relacionamento? Ou só o episódio mais recente.

— Quanto mais completo for o relato, melhor. Mas comece pelo que você se sente à vontade.

Eu resumi. Disse que durante todo o nosso tempo de namoro, Matheus me maltratou e abusou de mim. Agrediu fisicamente, emocionalmente e sexualmente. Bruno não falava, mas fazia algumas anotações. Disse a ele que tinha *prints* e gravações de ligações como prova, além do laudo médico da última agressão. Por último, falei sobre a ameaça do vazamento das fotos e da foto postada no *Instagram*.

— Você acha que esse vizinho que a levou ao hospital pode dar um depoimento? Nós temos provas suficientes para incriminar seu namorado, mas seria bom ter uma testemunha.

— Eu acredito que sim, mas teria de confirmar com ele.

Combinamos como eu entregaria o material. Ele me deu um *e-mail* para que eu encaminhasse tudo. Prometi que faria isso hoje mesmo quando estivesse em casa. Em seguida, pediu meus dados, vários deles. Pediu de Matheus também e passei tudo o que sabia.

— Isso é suficiente, senhorita, mas vou deixá-la com meus contatos caso queira adicionar mais alguma coisa à denúncia.

— Eu não sei como pedir isso, mas... — Durante minha pequena pausa, Bruno largou a caneta e me encarou. — Eu sou cantora, estou em uma banda. Existe alguma possibilidade de isso ser mantido em sigilo? Eu

POR FAVOR

não estou pronta para falar sobre o assunto, não ainda.

— Vamos manter o máximo de sigilo nesse caso, senhorita. Agora vamos falar sobre algumas medidas protetivas.

Ele me informou todos os passos que eu deveria seguir daqui por diante. Meus direitos, deveres. Eu poderia pedir várias medidas protetivas: suspensão do porte de armas do Matheus, porém acho que ele não tem uma; ordem de restrição; afastamento do lar, o que seria bom, mesmo que ele não morasse comigo, para mostrar à segurança do condomínio quão importante era mantê-lo afastado; entre outras coisas, como auxílio da força policial. Quer dizer, nós temos seguranças para os shows e momentos em que estamos promovendo a turnê, então eu poderia pedir a Roger que solicitasse que um me acompanhasse enquanto a situação não se resolvesse.

Abracei minha mãe quando a vi na frente da delegacia esperando por mim. Estava grata por tê-la ali. Eu tremia, um misto de alívio e nervosismo. O choro veio de uma vez, silencioso. Lágrimas grossas que não avisaram sobre sua chegada. Não sabia que pensar em Matheus e falar dele me deixaria assim. Tudo tinha corrido muito bem até agora falando com o policial, mas uma avalanche de sentimentos me atingiu logo que vi minha mãe. Ela me acolheu em seus braços, acalmou meu coração. Quando o choro diminuiu e parou, minha mãe nos afastou e secou meu rosto.

— Agora chega de chorar por aquele babaca. Ele nunca mais vai fazer nada contra você, meu amor. Matheus vai ser preso e pagar por todo o mal que está te fazendo. Vamos para casa fazer as malas. Você tem uma banda, uma carreira, uma vida. Estão esperando por você para que você possa ser a mulher incrível que é e desfrutar de cada passo do caminho, filha.

— Obrigada, mãe. — Eu segurei seu rosto e beijei sua testa demoradamente. — A senhora é um exemplo para mim, uma força da natureza.

— Hipólita, filha — disse, referenciando o apelido que sempre usamos. — A rainha das Amazonas. Você é minha Mulher Maravilha, então coloque seu traje superpoderoso e vamos para a luta.

Entramos no carro e minha mãe dirigiu até em casa. Olhei o celular e vi que tinha uma ligação da Bianca. Retornei a chamada.

— Hey, garota. Pode falar? — ela perguntou.

— Oi, Bia. Agora posso.

— Você está em casa? Tudo bem se eu passar por lá?

— Eu estou indo, saí da delegacia agora. Roger contou?

— Sim, ele disse.

72

— Então vem. Dá uma meia hora e vem, que eu já devo estar por lá.

— Beleza. A gente conversa.

Avisei à minha mãe que Bia iria para casa. Ela comentou que já estava tarde e que eu deveria mandar uma mensagem para ela, no caso de minha amiga querer dormir por lá. Era uma boa ideia, já que ela parecia querer conversar. O voo de amanhã, provavelmente, seria bem cedo.

Dez minutos depois de termos chegado em casa, a portaria avisou que ela estava lá embaixo. Liberei sua entrada e fui abrir a porta, assim que me viu me deu um abraço rápido. Bianca é uns 30 centímetros mais alta que eu e acho essa uma das coisas mais curiosas sobre nós Lolas.

Cada uma de nós tem um tipo de corpo diferente. Não somos um padrãozinho de cinco meninas iguais, muito normal em *girlbands*. Eu sou baixinha, quase achatada. Não tenho peitos, mas tenho quadril com curvas e as coxas grossas. Meu cabelo é loiro escuro e eu já fiz todo tipo de mechas nele. No momento, ele está comprido, até a base das costas.

Bia, pelo contrário, parece uma jogadora de basquete, se compararmos comigo. Não é muito normal colocarem nós duas lado a lado nas fotos da banda, exceto se estivermos sentadas. Temos um tom de pele parecido, levemente bronzeado. Ela também usa o cabelo loiro escuro comprido e eu acho que essas são as duas únicas coisas que temos em comum. Ela tem um corpo escultural de verdade. Acho que pela altura e tudo o mais. O fato de amar esportes deve ter ajudado um pouco, já que ela era a única que fazia exercícios antes da banda.

Então nós temos as outras meninas. Ester é negra, daquela com todos os estereótipos brasileiros: o bundão, coxão, peitão. É a dançarina do grupo, mas só começou a levar isso a sério quando nós nos juntamos. Tem o cabelo escuro e raramente nós a vemos com ele escovado. Quer dizer, no começo ela usava com mais frequência, agora é raro. A cada apresentação ela faz algo diferente, um penteado, uma cor nova. Usou rastafari por algumas semanas, mas desistiu. Acho que ela é a que mais mexe no cabelo de todas nós.

A Rai é a que aparenta ser mais nova, mas acabou se desenvolvendo em um mulherão. O cabelo é exageradamente escorrido, preto, e por isso ela vive reclamando. Não tem coragem de pintar, mas vive cortando, porque ele cresce com uma facilidade absurda. Agora, está usando franjinha de corte reto e deixando o cabelo crescer. Disse que quando ele estiver na altura da bunda vai se oferecer para fazer divulgação de alguma ONG de

POR FAVOR

73

perucas para quem tem câncer.

Por último, a Paula. Ela, como eu, vive reclamando da falta de curvas no corpo. Mesmo assim, ela é linda e sexy como todas as Lolas. Tenho que repetir isso para ela de tempos em tempos porque a autoestima da minha amiga sempre foi cheia de altos e baixos. Muito branca, ela é uma das poucas pessoas que odeia praia, mas é fácil de entender isso depois de vê-la ficar rosa apenas fazendo um show ao ar livre. Seu cabelo também é preto, mas ela costuma deixá-lo apenas um pouco abaixo do ombro.

De algum jeito, com todas as nossas diferenças, nós nos completamos. Gosto de dizer que representamos um pouco a mulher brasileira, com características únicas. Tentamos tirar sempre o melhor de cada uma de nós e exaltar isso, para que todos possam ver que, apesar de qualquer defeito que possamos atribuir a nós mesmos, todos nós somos perfeitos à nossa própria maneira.

— Você não acha que vai ser estranho dormir aí sem ter chamado as meninas? — perguntou enquanto eu a levava pelo corredor para o meu quarto.

— A gente não nasceu grudada, Bia.

— Ridícula, você entendeu — disse e deu-me um empurrão de leve.

— Ai! Não me derruba! Eu acabei de melhorar do pé.

— Ok, desculpa, já parei. É que eu realmente queria conversar com você sozinha. Você sabe que eu confio em todas as Lolas, mas...

— Tudo bem, amiga. Quando a gente tiver falado tudo que temos para falar, mandamos mensagem para elas. Quem quiser que apareça.

— Fechado. Sua mãe?

— Foi dormir. Esses dias ela não estava descansando por causa do meu pé, então eu a obriguei a deitar mais cedo. Disse que você podia cuidar de mim se eu precisasse.

Ela deixou a bolsa em cima da minha poltrona e nós duas nos jogamos na cama.

— Não que eu seja a melhor pessoa para cuidar de alguém doente, porém eu certamente posso te manter viva até conseguir acordar sua mãe.

— Porque certamente ela vai resolver qualquer que for o problema.

— Afinal, ela é mãe e mães tem superpoderes — Bianca completou e nós duas acabamos rindo. — Mudando de assunto, como foi no médico?

— Foi o que a gente esperava. Ele só pediu para eu não dançar por uma semana.

Bia deu de ombros.

— Acho que podemos tirar uma folga das coreografias por um tempo, as pessoas vão entender.

— Como foi essa semana, Bia? Conseguiram dar conta de tudo? Não fiz falta mesmo?

Ela começou a rir.

— Serviu para vermos que não funcionamos muito bem separadas. Não foi como quando a Paula precisou se afastar e a gente teve muito tempo para ensaiar. Principalmente porque as músicas são novas, né? Na primeira apresentação esquecemos de cantar sua parte várias vezes. Sempre perdíamos a entrada. Fomos melhorando durante os dias, mas a verdade é que você faz muita falta.

Encostei a cabeça no ombro dela, o coração apertadinho por tê-las deixado.

— Somos um quinteto, não cinco garotas aleatórias.

— Isso mesmo. Só funcionamos bem se for assim. — Então ela se ajeitou na cama e sentou de frente para mim. — Thai, sobre o que eu vim falar com você... — Bia respirou fundo. — Tudo bem se não quiser falar sobre isso, mas eu acho importante. Quando você caiu, estava pensando no Matheus?

Soltei o ar dos pulmões. Eu já tinha falado tanto dele hoje... Não queria ter que repetir tudo pela milionésima vez, mas sabia que era importante para minha amiga ou ela não teria feito tanta questão de vir sozinha. Talvez isso me ajudasse de alguma forma também.

— Sim. Ele tinha ligado, feito ameaças. Achei que estava bem, mas quando você menos espera todos os pensamentos vêm de uma vez. Foi horrível, eu me desconcentrei e caí.

— Isso é uma merda, amiga. Eu odeio que o que ele faz atinge você desse jeito.

— Eu não vou deixar mais que me atinja — falei, firme. Era uma decisão que eu tinha tomado após a foto e eu a cumpriria. — O reinado do Matheus na minha vida acabou, Bia. Chega de aceitar as merdas que aquele babaca joga em mim. Ele tem os problemas dele, mas não pode fazer com que eu desenvolva também.

— Que bom, amiga. Que bom que você pensa assim. Você sabe que pode contar comigo para isso, não é? — Assenti. — Não, Thai, de verdade. Você segurou todas essas coisas por muito tempo, guardou com você como se nós não estivéssemos aqui, como se não nos importássemos com você de verdade. Acho que falo por todas as meninas quando digo o que vou dizer, amiga: quando a gente assinou aquele contrato, era quase como um casamento. Para amar e respeitar, por todos os dias da nossa vida. Nas alegrias e tristezas, saúde e doença. Não estamos aqui para nos tornarmos a banda que acaba se separando porque uma das integrantes quer fazer carreira solo ou porque alguém brigou. Somos um quinteto, não cinco garotas aleatórias — Bia repetiu o que eu tinha dito. — E em um quinteto, você tem mais quatro garotas para contar. É para sermos apoio uma da outra.

— Desculpa, amiga — disse, sentindo-me realmente triste por ter pensado que não podia dividir o que sentia com as meninas.

— Não estou dizendo isso para que você se desculpe ou que ache que eu estou chateada. Thai, eu não sei o que faria se estivesse na sua situação. Amar alguém e essa pessoa acabar se tornando um pesadelo... não sei mesmo qual seria a minha reação, como eu me comportaria. Eu é que peço desculpas por você ter sentido que não podia contar isso para nós, para mim. Eu amo você, Thainá, como eu amo a minha família.

— Eu também, Bia, eu também.

Abracei minha amiga e nós ficamos assim por um tempo. Duas bobonas chorando abraçadas por tudo o que aconteceu. Quando nos desvencilharmos, começamos a rir.

— Olha como nós somos ridículas!

— Duas burras velhas chorando de emoção por serem amigas.

— Vem, deixa eu tirar uma foto disso.

Mesmo sem muita vontade, ela me puxou para uma *selfie*. Sorríamos, mas era possível ver os rostos inchados. Mandou-a no nosso grupo da banda com a seguinte mensagem:

> Bia: Sintam-se todas convidadas para o rolê na casa da Thai. Já falei umas verdades para ela e choramos horrores. Agora vamos comer brigadeiro e ver Netflix até amanhã de manhã quando tivermos que viajar. Esperamos as mulheres de fibra que querem se juntar a nós.

> Rai: Vocês podem ir à merda!!! De jeito nenhum eu levanto da minha cama para ir para a Thai agora. Amanhã a gente tem que estar no aeroporto às 6h! É uma da manhã!!!!

> Ester: Larga de preguiça, Raissa. A gente descansa quando morrer.

Paula: hahahahahahhahaa

Ester: Esperem por mim, vadias. Vão ter que assistir Shonda só pela audácia de marcarem uma conversa do coração sem a minha presença.

Nenhuma reclamação por ter que assistir Shonda.

Paula: Desculpa, meninas, não vou poder passar aí. Vim para a casa do assistente do programa, agora tô aqui enquanto ele foi comprar mais camisinha.

Ester: AH, CARALHO, NÃO ACREDITO!

Rai: Pegou, porraaaaaaaaaaaaa!

Bia: Amanhã você vai contar essa história em detalhes pra gente, sua vacaaaaaaaaaaaaa.

Eu não sei de nada!!

Ester: Bia vai te contando enquanto eu e Rai chegamos aí.

Rai: Só você, eu não vou. Boa noite, Lolas!

Paula: Se você não for, Rai, eu só vou contar para as meninas.

Rai: Porra, vai me deixar de fora da fofoca????

Paula: Vou. Agora tchau, que o gostoso chegou. Ouvi a porta da sala bater.

Ester: EU NÃO ACREDITO NESSA SORTUDA DOS INFERNOS!

Por Favor

> **Bia:** Venham logo, a gente está esperando.

> **Rai,** a Bia falou que vai fazer brigadeiro.

> **Rai:** Ah, inferno. Como eu digo não para brigadeiro e fofoca? Odeio vocês.

Largamos o celular e Bia realmente foi fazer brigadeiro. Afinal, o que é uma festa do pijama sem aquele doce dos deuses? Enquanto isso, peguei todo o material que eu tinha no computador e enviei para o *e-mail* que o policial me passou. Escrevi que ainda tinha algumas coisas para enviar, mas que deixaria para depois.

Ester chegou vinte minutos depois, de pijama, empurrando a mala pelo corredor. Rai demorou um pouco mais, mas veio. Ninguém me fez chorar dessa vez, mas contei resumidamente a situação toda. O que aconteceu no hospital e na delegacia.

Elas também me contaram sobre o cara que Paula estava pegando. Eles se conheceram hoje no programa, ele era responsável por elas. Chamou-as na hora da entrevista, vinha ver se elas precisavam de alguma coisa… As quatro flertaram com ele, porque ele era realmente um gato. Apostaram quem conseguiria chamar a atenção dele. No fim, nenhuma delas tinha conseguido nada, porque ele pareceu muito profissional. Roger tinha levado todo mundo para jantar e elas estavam saindo de lá quando eu liguei para ele. Aparentemente, Paula disse que não precisava de carona para casa porque ia encontrar uma amiga.

No fim, a amiga não era realmente amiga, mas sim o gostosão do programa. Eu ri, afinal, cada uma tinha seu jeitinho. É certo que Paula deve ter encontrado uma oportunidade de dar o telefone para ele quando ninguém estivesse olhando. Sempre dissemos que esse jeitinho dela de quem vai comendo pelas beiradas é em parte por ter nascido em Juiz de Fora, cidade de Minas Gerais. Sabe como é mineiro, né?

O dia seguinte foi uma confusão. Dormimos as quatro na minha cama, pernas e braços por todos os lados. O plano não era esse, mas acabamos cochilando enquanto assistíamos *Netflix*. Minha mãe foi no meu quarto fazendo um escândalo, porque já eram 5h30 e combinamos com Roger às 6h.

Éramos quatro, então foi uma guerra, mas não tão épica, já que a casa tinha cinco banheiros. Eu entrei no do meu quarto direto para o chuveiro e fui a que levei mais tempo, já que ainda estava pisando com cautela. Rai foi para o chuveiro da minha mãe e Ester para o banheiro social. Bia pegou o do quarto de hóspedes. As meninas estavam de banho tomado e roupa dez minutos depois, eu levei quinze. Foi o suficiente para que todo mundo descesse com suas malas e as minhas. Enquanto minha mãe me expulsava para fora de casa, vi um papel caído perto da porta que não deveria estar lá. Abaixei com cuidado para pegar e coloquei dentro da minha bolsa. Senta-mos no carro e minha mãe voou até o aeroporto. Por ser cedo, ainda não havia engarrafamento para o Galeão, então chegamos lá em 25 minutos. Paula já estava lá, com a maior cara de sono do mundo. Roger só nos olhou e balançou a cabeça, mas não falou nada. Iríamos apenas nós sete de avião. A banda e o restante da nossa equipe tinham ido ontem, junto com nosso ônibus. Teoricamente, nós ficamos para trás para descansar. Depois de fofocarmos até tarde (exceto por Paula, que transou até tarde), não havia uma Lola descansada para contar história.

— Eu vi os *stories*, queria dizer isso — Roger avisou. — Não vou criti-cá-las, sei que precisavam de um tempo entre amigas, mas não vou aliviar. Vamos trabalhar muito.

Sentada no avião, lembrei do papel que tinha encontrado no chão de casa. Puxei-o da bolsa. Era pequeno, metade de um A4 dobrado ao meio. Tinha meu nome escrito na folha de fora. Abri e vi que a mensagem era longa, a letra pequena.

Thai,

Sua mãe me disse por mensagem que você está indo promover o CD novo essa semana. Assumo que nunca tinha ouvido nada seu, mas ouvi assim que lançou e parabéns. Música pop não é minha favorita, mas vocês merecem palmas. As letras são bonitas, profundas. Estou bem orgulhoso de você, das suas meninas. Parabéns por fazerem um CD com tanta personalidade.

Boa sorte nos próximos dias. Sua mãe também me disse o que Matheus fez, as ameaças. Espero que não fique triste com ela por conta disso. Se você precisar de mim para qualquer coisa, saiba que eu estou aqui. Você tem meu número, é só me mandar mensagem.

Fique bem. Estou torcendo para que agora você possa aproveitar cada minuto da sua jornada, porque você merece.

Beijos,

Tiago.

Fechei o papel e guardei na bolsa. Meu coração estava apertadinho, cheio de sentimentos bons por causa da mensagem. Olhei para o lado para ver se alguém tinha prestado atenção em mim, mas estavam todos focados no celular nos últimos minutos antes da decolagem.

Ah, Tiago. Por que você tinha que aparecer na minha vida agora, quando eu não sei se ainda tenho um coração para te dar?

Décimo Primeiro

Give me a sign! Take my hand, we'll be fine. Promise I won't let you
down. Just know that you don't have to do this alone.
*Mande um sinal! Pegue minha mão, nós vamos ficar bem. Prometo que não vou te desapontar.
Saiba que você não precisa fazer isso sozinha.*
Treat You Better – Shawn Mendes

Passamos a segunda-feira em São Paulo, terça em Minas Gerais e quarta no Espírito Santo. Foi corrido, mas o plano era voltar a esses estados quando as coisas se acalmassem. Depois, passamos uma semana inteirinha rodando o Nordeste. Em seguida, outra semana no Norte do país. Quatro dias no Centro-oeste.

Praticamente não dormimos. Estávamos de ônibus no Sudeste, então nossas horas de sono se resumiam ao que conseguíamos dentro dele no trajeto de uma cidade para a outra. No Nordeste, fizemos os caminhos de avião, o que nos deu menos oportunidades ainda para dormir. Era um tempo necessário para que nosso ônibus chegasse no Norte, com o nosso motorista descansando devidamente. Lá, fomos de ônibus também e viemos descendo até Brasília, Goiânia, Mato Grosso...

Voltamos ao Rio no dia 14. Nossa agenda estava cheia para os próximos três dias, mas depois finalmente teríamos nossa folga. Rai ia visitar os parentes no interior de SP, Paula em Juiz de Fora. Bia e Ester foram as únicas que voltaram comigo e prometemos não nos encontrarmos nos próximos dias, porque ninguém aguentava mais ver a cara da outra. É um pouco de exagero, claro.

Os números do CD foram realmente incríveis. Os melhores que tivemos até agora. Nossos fãs do Brasil inteiro estavam surtando, implorando por uma turnê, mas ainda tínhamos muita divulgação para fazer. Depois da nossa folga, iríamos para o Sul, a última região do país que faltava. Em seguida, tínhamos algumas viagens internacionais, uma para Austrália, Europa, EUA, América Latina. Depois disso, começaríamos os ensaios.

Meu pé, felizmente, não estava dando trabalho. Já tínhamos voltado às nossas coreografias e apresentações bem elaboradas. Encontrar os fãs nos últimos dias tinha sido curioso. Todos estavam muito cuidadosos comigo, preocupados com a minha saúde. Eles não sabiam dos ferimentos que Matheus fez, mas o fato de ter me afastado por causa do meu pé os deixou "cheios de dedos" comigo. Eu os abraçava com força e dizia que estava bem, então tudo voltava ao normal, mas gostei de vê-los respeitar minha saúde.

Hoje prometi que iria à delegacia ver como andava o processo. Tive uma reunião por *Skype* com os advogados da banda quando estava em Minas para explicar tudo o que tinha acontecido. Normalmente, apenas Giovanna lida conosco. Nessa situação, o marido dela, Daniel, sentou-se para opinar. Eu não sei se gosto mais dela ou dele, porque ambos são pessoas incríveis, além de profissionais exemplares. Ah, podemos somar a beleza que é vê-los trabalhando em parceria. Deve ser estranho ter um negócio com o seu marido, o trabalho nunca deve acabar, mas eles pareciam manejar tudo muito bem. E realmente eram ótimos profissionais. Giovanna disse que acompanharia, mas eu queria ir até lá e conversar com quem quer que estivesse encarregado do meu caso. Precisava ver esse capítulo da minha vida se resolver para seguir em frente.

A única coisa que dava passos atrás era meu relacionamento com Tiago. Não sei se posso chamar assim, porque realmente não tínhamos nada, mas o mínimo o que tínhamos se tornou inexiste nos últimos tempos. A última vez que nos falamos foi há três semanas, mais ou menos. Trocamos algumas mensagens enquanto eu estava viajando, logo nos primeiros dias. Eu tinha agradecido pela mensagem e comentei que o policial tinha perguntado se ele poderia depor. Ele respondeu que sim, que era só avisá-lo e ele iria. Depois disso, a verdade é que eu não tive coragem de puxar assunto. Eu ficava confusa de classificar a gente. Nossa amizade? Éramos amigos? Várias vezes eu queria mostrar algo para ele, mandar foto de algum lugar em que estava, algo que tinha visto, mas não sabia se devia. E se ele estivesse ocupado? Trabalhando? Com outra mulher? Eu tinha o direito de interromper?

É complicado para mim entender isso, sempre foi. Até que ponto a pessoa está interessada em mim, não de uma forma romântica nem nada, ou está apenas sendo educada?

Por isso, eu optava por não falar nada, ficar quieta. O que era ruim, porque eu realmente queria conversar com ele. Dividir as coisas do meu dia. De algum jeito, Tiago tinha um espaço dentro de mim e eu vivia pensando no que passamos. Acordar no hospital com ele lá, passar a noite na casa dele, ficar horas conversando quando eu estava com o pé engessado, a mensagem de apoio que ele deixou na minha porta... foram poucos momentos, mas suficientes para me dar o que pensar na maior parte dos meus dias. Nunca tinha tido essa conexão com ninguém.

Entrei no elevador rolando as fotos do meu Instagram. Uma mensagem de Matheus chegou no meu WhatsApp e eu me arrependi de não o ter bloqueado ainda. Não abri, mas li a notificação assim que ouvi alguém pedir para segurar o elevador. Apertei o botão e comecei a ler.

> Tudo bem. Eu tentei. Você não quis me ouvir, não deu atenção. Agora aceite as consequências disso.

Rolei os olhos e voltei a olhar o Instagram logo que as portas se fecharam. Era um casal que tinha demorado a entrar e eles começaram a conversar algo que, assumo, não prestei atenção. Estava me sentindo orgulhosa de mim mesma por não ter deixado a mensagem de Matheus me abater quando olhei para a próxima foto do *feed*. Eu, nua, no meu próprio Instagram.

Cliquei no ícone do meu perfil, mas a internet estava lenta por conta do elevador. O casal saiu no segundo andar e o perfil carregou. Comecei a rolar, apenas para ver uma sequência enorme de fotos e vídeos meus por ali. Não consegui conter, minhas lágrimas simplesmente começaram a cair. Puta que pariu!

Era para minha mãe estar comigo nesse momento, mas eu agradeço por ela ter ficado no restaurante do Rick. Eu queria um tempo para chorar sozinha, até que todo mundo invadisse a minha casa em um frenesi maluco. Eu não ia precisar de muito esforço, muito menos avisar à minha equipe do que tinha acontecido. Notícia ruim corre rápido e essa... Essa chegaria aos quatro cantos voando.

Eu poderia correr lá e apagar tudo, mas não ia adiantar nada. Todo mundo já tinha visto, todo mundo já tinha salvado. Minhas fotos estariam por toda a internet e apagar não ia fazê-las desaparecerem. Não ia fazer ninguém "desver".

O barulho do elevador chegando no meu andar me despertou. Eu saí olhando para o chão. Foi quando ouvi a voz de Tiago me chamar.

— Thai, você voltou! — Soava feliz. Olhei para ele, o sorriso largo que me dava, mas que morreu logo que me viu chorar. — Thai, o que houve?

Não consegui falar nada. Assim que ele chegou perto, encostei a cabeça no seu peito e seus braços me rodearam. Chorei enquanto ele afagava meus cabelos, chorei enquanto ele sussurrava que tudo ia se resolver.

Antes eu queria ficar sozinha e chorar, mas ao vê-lo... sentia que precisava do ombro de Tiago. E torcia apenas para que ele pudesse ficar comigo, só mais uma vez.

— Você está ocupado agora? — pedi, a voz saindo baixa. — Pode me esconder na sua casa?

— Vem comigo. — Ele me puxou pela mão e rapidamente estávamos do lado de dentro. Sentamos no sofá, ele ao meu lado. — Você quer conversar?

Neguei. Eu não queria, porém sabia que precisava explicar a ele.

— Matheus me ameaçou de vazar fotos íntimas minhas, eu nem sabia que ele as tinha. Ele já tinha postado uma antes, em que eu estava sem blusa, mas não mostrava tanto. Dessa vez, ele postou dezenas de fotos e vídeos.

— Puta que pariu!! — Ouvi o palavrão escapar dos seus lábios.

— Eu não sei o que fazer, Tiago. Eu só quero ficar sozinha e chorar.

— Por favor, se acalma, *tá?* — Segurou meu rosto nas suas mãos. — Como eu disse, a gente vai resolver isso. Você quer ficar sozinha? Entra lá no quarto de hóspedes e fica à vontade. Eu não vou deixar ninguém entrar lá. Enquanto isso, vou falar com a sua equipe.

Eu o abracei de novo.

— Obrigada. Segunda vez que você me salva.

Ele correspondeu o abraço, tornando-o ainda mais aconchegante.

— Estou aqui para salvar todas as vezes que você precisar de mim.

Eu não sei por que fiz isso, mas levantei o rosto e selei os lábios dele. Foi suave, os lábios dele tocaram os meus e eu me senti em casa. Não deveria ter feito isso, eu sei. Não estava pronta. Estava passando por uma montanha-russa emocional e qualquer tipo de afeto me toca profundamente, essa é a verdade. Mas não podia mentir e dizer que não sentia nada pelo Tiago. Mesmo confusa nos meus sentimentos, havia um pedaço do meu coração começando a ser ocupado por ele — e essa parte crescia a cada dia.

Então Tiago moveu os lábios. Abriu os seus, puxou um dos meus com os dentes. Minha boca respondeu e minha língua simplesmente invadiu a boca dele. Nós nos beijamos por muito, muito tempo. Devagar, com cautela. Decorando cada parte da boca do outro.

Eu me aproximei dele no sofá sem perceber, sentei no seu colo. Não

84

Carol Dias

sei se eu me arrastei até lá ou ele me puxou. Tiago segurava minhas coxas, mas parecia tão estático quanto eu, porque eu simplesmente não conseguia avançar. Tocá-lo, ir para outro nível. Só queria beijá-lo e beijá-lo.

Nós paramos quando meu celular tocou. Era Roger e eu já sabia o que ele queria, então silenciei e o coloquei de lado. Ao olhar novamente para Tiago, ele me encarava e eu simplesmente não conseguia ler seus olhos.

O que eu tinha feito? Como eu falaria com ele de agora em diante? Eu não tinha controle emocional no momento para ver aonde isso poderia nos levar. Não era hora para abrir meu coração de novo, porque eu ainda não sabia se tinha um coração funcionando.

— Tiago…

— Eu sei o que você vai dizer, Thai — começou. Tiago sorriu e afagou meu rosto. — Você acabou de terminar um relacionamento abusivo, está em uma montanha-russa emocional. Seu ex acabou de ser um babaca e eu estava aqui quando você precisou. Eu quero você, acho que você me quer também, mas ainda não é a nossa hora. Entendo que você tenha coisas para descobrir por si própria primeiro.

Escondi o rosto no peito dele. Como ele podia me ler com tanta facilidade?

— Desculpa por isso.

— Não se desculpe, eu amei cada segundo desse beijo. E quando você estiver pronta para tentar de novo com alguém, saiba que eu vou estar aqui, o primeiro da fila.

Ah, vão para a merda! Não pode existir homem perfeito assim.

— Eu meio que te odeio por ser tão perfeito no momento.

— Tudo bem, eu também odiei você em vários momentos por ser tão proibida para mim. Agora vai lá para o quarto se esconder, porque eu tenho a bunda de um babaca para chutar.

— A senha do meu telefone é 5622, se você precisar falar com alguém.

Tiago assentiu e eu me mexi para sair do colo dele. Surpreendi-me ao sentir suas mãos segurarem minha coxa novamente. Olhei para ele, as mãos apoiadas nos seus ombros. Ele segurou meu rosto de novo e o encarou por alguns segundos.

— Como você pode ser tão bonita, porra?

Ele me beijou novamente, dessa vez com urgência. Levantou-nos, eu ainda no colo dele. Uma habilidade impressionante de andar e me beijar. Parou, colocou-me no chão e nos separou. Quando olhei, estávamos na porta do quarto de hóspedes. Novamente me encarou.

Por Favor

— O quê? — perguntei diante do seu silêncio.

— Vai. Entra nesse quarto e se tranca antes que eu faça algo que não devo. Odeio quebrar promessas.

Inesperadamente, isso arrancou um riso de mim. Depois de um baque como esse, saber que eu mexia com Tiago dessa forma deixou meu coração leve. Entrei no quarto e encostei a porta atrás de mim. Sabia que trancar não era realmente necessário. Deitei-me na cama, repassando cada segundo dos dois beijos na mente. Caí no sono sem nem perceber.

Não me lembro de todos os sonhos que tive nem quantos foram, mas um ficou marcado. Eu sonhei que estava em um estúdio, vestia uma camisa branca com calça jeans, o cabelo para trás. Maquiagem mínima. Sentava em um banquinho e lia repetidas vezes um texto onde eu falava contra a violência doméstica.

Acordei com Tiago sentado ao meu lado na cama, sério.

— Dois segundos para o meu cérebro funcionar — pedi e ele concordou.

Enquanto eu me sentava, colocou algumas mechas do meu cabelo para trás. A cada uma delas aproveitava para acariciar meu rosto. Eu estava amando todo o carinho e, para ser bem sincera, achando ótimo para esquecer certas pessoas. Simplesmente não conseguia pensar no mal que Matheus era quando estava sendo cuidada por Tiago.

— Seu maior erro foi me beijar, Thainá. Foi como um passe livre para que eu pudesse tocar você. Diga se eu estiver ultrapassando seus limites.

Em vez disso, deitei o rosto na mão dele e fechei os olhos, mostrando o quanto tinha gostado.

— Eu digo, pode deixar.

— Pedi e seus amigos estão todos na sua casa resolvendo tudo de lá. Ninguém vai vir aqui, a menos que você queira. Preparei o jantar. Vem comer comigo?

— Você cozinhou?

— Claro. Eu moro sozinho, não posso viver de comer em restaurantes ou congelado.

— Você tem alguma coisa a mais para falar sobre a minha situação? Porque eu quero passar esse jantar sem falar sobre, antes de ir para casa agir como adulta.

— Não. Sua equipe está resolvendo tudo, eu não quis me envolver, disse que ia cuidar de você. Saiba que ninguém está te julgando por querer ficar afastada, viu? É uma experiência horrível.

— Obrigada, de verdade. O que seria de mim se uma velha rabugenta morasse no 704?

Ele não conseguiu segurar a risada e me deu um sorriso lindo.

— Realmente, seria horrível. Vamos falar de coisas boas agora.

Tiago levantou e eu fui com ele para a cozinha onde a mesa estava posta para dois. Não era um jantar romântico, mas parecia.

— O que você fez para comermos?

— Frango à parmegiana. Espero que goste.

— Eu tenho pouquíssimos problemas com comida. A possibilidade de colocar queijo e tomate no frango é algo que me deixa bem feliz.

— Ufa, só espero que esteja em um nível aceitável para o seu paladar apurado.

Olhei para o seu rosto, tentando entender se era uma brincadeira de verdade. Era bom estar ao lado de alguém que não me tratava como alguém que poderia ser facilmente magoado, para variar.

— Vá à merda — disse quando tive certeza de que ele estava zoando com a minha cara.

— Melhor não, tem um frango delicioso me esperando na cozinha. Além de uma mulher linda estar se direcionando para lá neste momento.

— Não sabia que você era tão bajulador, Tiago — disse quando paramos em frente à mesa.

— Só quando tenho segundas intenções. — Ele puxou a cadeira para que eu sentasse e deixou um sorrisinho cafajeste sair.

— Ah, bom saber, porque eu também. Na verdade, terceiras e quartas também.

Ele riu alto e eu adorei. Sentei-me e ele empurrou a cadeira no lugar. Jantamos falando de coisas aleatórias. Conhecemos mais um sobre o outro. Por exemplo, falei sobre minha paixão por fazer doces e coisas confeitadas. Ele falou sobre o trabalho em uma rede de lanchonetes enorme. Era Gerente de Marketing, o gerente mais novo da empresa inteira. Falava com tanta paixão sobre o que fazia que eu fiquei feliz por ver outro alguém que tinha encontrado a profissão dos sonhos e podia viver dela. Terminamos de comer sem pressa, conversando o tempo inteiro. Lavei a louça, dizendo que ele tinha cozinhado. Então chegou a hora de voltar para o mundo real e ele disse que iria comigo até meu apartamento.

Encostei-me à porta e não deixei que ele abrisse. Puxei-o para perto de mim, os braços ao redor do seu pescoço.

Por Favor

— Tiago, tem uma coisa que eu quero dizer e uma que eu quero fazer antes de irmos para lá.

— Tudo bem, na ordem que preferir.

— Falar primeiro. Obrigada por tudo, tudo o que fez por mim desde o minuto em que a gente se conheceu. Obrigada por hoje. Quando a gente sair daqui, vamos ter que voltar ao normal na frente das outras pessoas e botar uma pedra em todos os beijos que demos. Pelo menos até eu descobrir se meu coração ainda pode bater corretamente. Só que eu ainda quero ser sua amiga, ver uma coisa engraçada e mandar para você, conversar no WhatsApp o tempo todo. Será que a gente pode ter isso?

— Podemos, mas saiba que eu vou beijar você muitas vezes quando seus amigos não estiverem vendo e você permitir.

— Ótimo, porque essa era a coisa que eu queria fazer antes de irmos.

— Seu pedido é uma ordem, senhora.

Minha mente voou, meu mundo rodou. Cada beijo tinha um sabor único e eu queria provar mais e mais deles, todos os dias.

Só que eu sabia que não seria justo começar algo com Tiago quando eu não podia entregar meu coração. Caminhei com ele ao meu lado até meu apartamento pensando nisso. Pensando se um dia eu conseguiria me entregar, amar de novo ou se estaria permanentemente presa a Matheus.

Eu esperava que não.

A porta do apartamento estava aberta e era possível ouvir uma barulheira da porta. Olhei para Tiago, mentalmente perguntando quantas pessoas estavam lá dentro.

— Parece que toda a sua equipe veio. Advogados, gravadora, assessoria de imprensa... Paula e Rai, que já estavam na cidade delas, voltaram correndo.

Lembrei-me do sonho que eu tive. Lembrei-me também de uma das nossas conversas, onde Tiago disse que lutava Muay Tai.

— Tiago, antes de a gente entrar... — Ele virou o corpo para mim, prestando atenção. — Será que você me ensina a lutar? Ou você acha que eu devo tentar defesa pessoal ou algo assim?

— Bom, eu amo lutar Muay Tai. Adoraria treinar com você, mesmo que eu não possa te ensinar por não ser professor.

— Mas pode me recomendar alguém, não pode?

— Claro. Vai ser um prazer.

Agradeci, respirei fundo e entrei na casa. Tiago gritou que estávamos chegando, o que foi suficiente para que a barulheira diminuísse consideravelmente. Ele fechou a porta atrás de nós e vi que realmente toda a minha equipe estava reunida na sala. Todos me olhavam em silêncio, parecendo querer dizer algo. Achei que deveria começar dizendo alguma coisa porque eles provavelmente tinham muito o que me dizer.

— Oi, gente, obrigada por estarem aqui. Desculpem por não ter vindo antes, mas eu precisava de um tempo para mim. Sei que todos vocês devem ter coisas para me dizer, mas tenho algo a falar antes. — Virei-me para Cecília, nossa assessora de imprensa. — Passei anos no inferno com alguém que eu acreditei amar. Hoje tive mais uma prova de que essa pessoa nunca me mereceu. Depois do que passei, decidi que quero falar sobre isso. Quero falar sobre o que sofri. Sobre ter sido vítima de violência doméstica em todos esses anos da minha vida. Sobre um namorado babaca em quem eu confiava, mas que não me respeitou em nenhum momento. Sobre eu ter confundido doença com maldade. — Cecília sorria, então olhei para o restante da minha equipe antes de continuar. — Obrigada a todos por estarem aqui por mim, por me apoiarem sem julgamentos. Não quero mais sofrer com o que aconteceu. Quero erguer a cabeça e usar a minha voz. Vocês me ajudam?

— Essa é a minha garota, porra! — Bianca gritou e bateu palmas.

Ester veio na minha direção e me abraçou. Em seguida, senti outros braços me envolverem.

Chega de sentar e esperar que os outros venham me socorrer. Chega de chorar. Chega de deixar Matheus vencer cada uma das minhas batalhas. Agora é hora de mostrar minha força, mostrar que eu posso e vou dar a volta por cima de tudo isso.

Mostrar que a minha felicidade depende de mim e de mais ninguém.

POR FAVOR

Epílogo

You're so gorgeous! I can't say anything to your face, 'cause look at your face.
Você é tão deslumbrante! Não consigo dizer nada direto pra você, porque olha só pro seu rosto.
Gorgeous - Taylor Swift

— Pelo amor de Deus, *me deixa* respirar por cinco segundos.

Rindo, Tiago saiu de cima de mim. Deitou ao meu lado no chão, a respiração descompassada de todo o esforço recente. Ele estava me matando, acabando com as minhas energias. Essa manhã, particularmente, ele tinha me exaurido.

Eu não tinha folga desse homem nem no último dia do ano.

— Você anda muito preguiçosa. Seus movimentos são lentos. Seu professor veio conversar comigo sobre isso, a gente está com medo de como vai ser quando você voltar a viajar. Se ficar sem praticar todo esse tempo, vai acabar regredindo.

— A cada aula que eu vou, eu regrido. Meu nome deveria ser Thainá Regresso Ramos. Sou horrível nisso.

Ele gargalhou novamente, sentando.

— Você se distrai com muita facilidade. Eu não posso te encarar durante uma luta que você se desconcentra.

— Claro! — gritei. — Já se olhou no espelho? Você é bonito *pra* caramba.

Tiago se dobrou para frente, rindo mais do que qualquer outra coisa. Sentei-me ao seu lado e bati no seu ombro.

— Se a gente for pensar por esse lado, eu também deveria me desconcentrar.

— Você não tem problema nenhum com a minha beleza, Tiago. Fica me encarando como se não houvesse nada demais.

— Eu uso sua beleza para o foco, é algo inteligente a se fazer — disse como se tivesse descoberto a eletricidade.

— Argh! Às vezes eu te odeio, sabia?

— Odeia nada. — Ele se levantou, puxando-me junto.

Puxou-me para dentro dos seus braços e eu passei os meus pelo seu pescoço.

— Você vai hoje, né? Na festa?

A festa de fim de ano das Lolas. Tínhamos programado algo incrível, unindo todos os que foram importantes nesse 2017 para cada uma de nós quatro. Além de toda a equipe, produtores e amigos famosos, fiz questão que Tiago e Bruno, o policial que estava cuidando do meu caso, estivessem lá. Tiago disse que não poderia ir, porque combinou de viajar com os amigos. Como ele estava aqui de manhã no último dia do ano, sem planos de viagem, eu tinha esperança de que ele mudasse de ideia. Bruno disse que tinha um plantão até 20h. Depois, iria pegar a estrada para passar a virada com a família em Saquarema. Provavelmente não chegaria a tempo, mas estaria lá em algum momento. De todo jeito, agradeceu e muito o convite. Eu é que agradecia por ter encontrado esse homem. Ele estava fazendo de tudo para que as coisas corressem da melhor maneira no menor tempo possível, mesmo que não tivesse tanto poder na delegacia. Apesar de ser investigador, ele era novo no cargo, mas estava se esforçando de verdade.

— Como eu faltaria? — Senti sua mão acariciar minhas costas. — Você está há semanas falando dessa festa.

— E você dizendo que tinha marcado de passar com seus amigos em Angra.

— Meus amigos furaram, por isso que eu te arranquei da cama para treinar no último dia do ano.

— Você me arrancou da cama para treinar porque não aguenta mais viver sem mim.

Tiago riu de novo, mas não negou.

— E o investigador? Deu notícias?

— Meus advogados estão em contato com ele. Parece que estão trabalhando no inquérito do caso.

— E quando vai ser a audiência? Já sabe?

— Ainda não. — Respirei fundo. — Mas parece que estão perto de expedir um mandado para avisar ao Matheus da denúncia ou algo assim. Eu não sei muito bem esses termos jurídicos. Os advogados disseram que vão me avisar, porque pode ser que ele tome alguma atitude depois que souber.

— E você sabe que pode contar com meu depoimento no dia se precisar, não sabe?

Sorrindo, estiquei-me e beijei seu rosto.

— Ai de você se não for. Nunca mais vai provar das minhas delícias.

Tiago me deu um sorriso enviesado. Só aí me dei conta da bobagem que estava falando. Tinha me referido aos doces que aprendi nos últimos tempos e fazia questão de mandar uns para ele provar, mas não foi assim que soou.

— Menos conversa e mais luta, dona Thainá. — Soltando-se de mim, ele começou a arrumar o short. Meu olhar foi direto para aquele corpo que era meu objeto de desejo nos últimos tempos. — Essa é a nossa saideira, então vamos apostar alguma coisa.

— O que você quer apostar? — perguntei.

— Quem vencer pode pedir qualquer coisa para o outro. — Sorri, porque sabia exatamente o que queria. — Eu já sei o que vou pedir.

— Eu também. Se eu vencer, por um milagre, você vai ter que ir comigo para a festa, como meu par. Beijar em público, andar de mãos dadas e tudo o mais.

O sorriso que Tiago me deu em resposta foi o maior que eu já o tinha visto dar. No final, um "milagre" aconteceu.

Pela primeira vez, eu venci uma luta contra o Tiago.

Continua em Dona de Mim, história da Ester...

A The Gift Box é uma editora brasileira, com publicações de autores nacionais e internacionais, que surgiu no mercado em janeiro de 2018. Nossos livros estão sempre entre os mais vendidos da Amazon e já receberam diversos destaques em blogs literários e na própria Amazon.

Somos uma empresa jovem, cheia de energia e paixão pela literatura de romance e queremos incentivar cada vez mais a leitura e o crescimento de nossos autores e parceiros.

Acompanhe a The Gift Box nas redes sociais para ficar por dentro de todas as novidades.

 www.thegiftboxbr.com

/thegiftboxbr.com

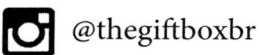 @thegiftboxbr

 @thegiftboxbr

 bit.ly/TheGiftBoxEditora_Skoob

Nota da autora

A ideia de escrever sobre uma *girlband* em que, além dos desafios da indústria fonográfica, elas têm de lidar com questões pessoais e assuntos importantes para a nossa geração, é o que permeia essas cinco primeiras histórias da série Lolas & Age 17. É uma alegria sem tamanho para mim, entregar o primeiro volume, em que falei sobre duas mulheres incríveis: uma que é sobrevivente de violência contra a mulher e outra que luta pela sua saúde mental com um caso de Síndrome do Pânico. Espero que você tenha se envolvido pela história das cinco e que as próximas três Lolas também possam nos servir de inspiração como sobreviventes e pessoas que lutam por uma vida melhor para si mesmas.

Muito obrigada a todo mundo que trabalhou neste livro comigo: minhas betas incríveis que me ajudam desde o enredo até em questões legais (Déborah, melhor advogada); minhas editoras lindas da The Gift Box que sonham junto comigo; minha ilustradora musa, Talissa, que captou exatamente o que eu queria nas duas capas; e a *você*, que acompanha meu trabalho e sempre me motiva a escrever com mensagens, resenhas e carinho.

Enquanto nós encontrávamos o caminho para o carro dele, fiquei pensativa. Toda aquela situação se repetindo em *looping* na minha mente. Bruno, sempre atento, percebeu que algo não estava certo. Eu podia sentir meu controle deslizando, a ansiedade voltando com tudo para mim. Fechei os olhos e comecei a respirar fundo. Então a voz que sempre me tranquilizava e me fazia voltar falou ao meu ouvido:

— Ei... — Senti sua mão envolver a minha. — Confia em mim, Ester. É só uma fase. Vai passar e você vai ficar bem.

Respirando fundo, voltei a controlar minhas atitudes e apertei sua mão de volta, agradecendo por estar ao meu lado.

A imagem das Lolas, pessoas que um dia considerei minhas irmãs, indo uma para cada lado despertava o meu medo mais sombrio: o de que um dia esse seria o destino da banda.

O fim. Cada uma seguindo seu próprio caminho.

Para minha alegria, havia um belo espécime do sexo masculino esperando por mim quando desci do palco. Bruno tinha prometido vir, mas avisou que chegaria em cima da hora do início da apresentação. Ele segurou minha cintura e me puxou para perto, beijando meus lábios. Perdi-me no carinho que ele demonstrava, no toque marcante, na sensação de paz que estar nos braços dele me trazia. Quando voltei à realidade e olhei ao redor, Raíssa era guiada por Tuco de volta para o camarim dela. A dez metros de mim, Thainá também estava abraçada a Tiago. Vi Paula e Bianca se aproximarem de nós.

— A pergunta de um milhão de dólares: exceto a dura que a Ester deu na Raíssa, quantas palavras vocês trocaram com ela hoje? — Paula ironizou.

— Graças a Deus, nenhuma — disse Bia. — Meninas, meu irmão veio e está me esperando. Vou me trocar rapidinho e ir embora com ele.

— Tiago também vai me levar. Vamos sair para compensar todo esse tempo que ficaremos separados quando entrarmos em turnê — Thainá nos informou, dando um sorriso doce para Tiago. Eles são um casal tão fofo que dói.

Eu podia sentir os braços de Bruno me envolvendo, seu queixo encostando no topo da minha cabeça.

— Eu vou voltar para o hotel. Reservei um quarto aqui, porque é mais perto do aeroporto e assim eu poderia descansar um pouco mais. Com o bebê, qualquer minuto de relaxamento que eu tiver antes da turnê é importante — Paula falou.

— Nós nos vemos no show de amanhã? — questionou Bianca, já se afastando.

Assisti enquanto Thai acenava e saía para um lado, Bia ia para os camarins e Paula caminhava até Roger.

— Vamos, Ester? — Bruno chamou minha atenção.

Olhei mais uma vez para as minhas amigas e assenti para o homem junto de mim.

— Por favor, me leve para casa.

DONA DE MIM

ziguar a situação, chamou nossa atenção. — Colocamos os fãs dentro de uma sala. Em grupos. Alguém coloca uma música para tocar e cada grupo tem dez minutos para circular, tirar foto com as integrantes e trocar umas palavras. Assim poderemos ficar separadas e não precisaremos interagir com Raíssa.

Já que a ideia dela era brilhante, Roger saiu para ver com a equipe do festival se isso seria possível. Eles não tinham nenhuma sala disponível, mas permitiram que fizéssemos no camarim. Quando estava tudo arrumado e os fãs estavam enfileirados no corredor, Raíssa se dignou a vir para perto de nós. O clima pesou subitamente e não consegui me segurar. Caminhei até onde ela estava e a única coisa que quebrava o silêncio do ambiente era o *click* dos meus saltos.

— Existe uma linha que impede uma mulher de ficar louca e fazer uma besteira. Desde o momento em que você disse que iria começar seus próprios projetos, estou aguentando firme. As meninas também. Mas hoje, Raíssa, você forçou essa linha. Ela está muito, muito perto de se romper. Você não faz ideia do tanto. Se é assim que você quer lidar com essa situação, tudo bem, mas se prepare, porque quando a linha arrebentar, a casa vai cair para você.

Ninguém disse mais nada e o silêncio só foi quebrado por Mônica que, ao entrar na sala, nos informou que deveríamos nos posicionar. Cada uma de nós tinha escolhido um lugar na sala e estávamos acompanhadas de alguém que nos fotografaria. Felizmente, havia muita gente talentosa na nossa equipe. Colocamos câmera na mão até do maquiador.

Os fãs gostaram da experiência diferente. É claro que eles preferem poder tirar foto com as cinco juntas, mas não reclamaram das individuais. Com o encontro correndo sem nenhum imprevisto, estávamos confiantes para o show. Lá no palco, tendo a música como objetivo, não tivemos de nos preocupar com nada, porque nossa paixão por nos apresentar era maior do que qualquer música. Era um show de festival e não apenas nossos fãs estavam presentes, mas eles eram maioria. Cantaram as músicas e viveram o momento conosco. A noite caiu, com as cinco ali em cima. E, quando as luzes se apagaram, eu fiz uma prece a Deus.

Por favor, não deixe que nos esqueçamos disso. Não deixe que nós quatro percamos nossa amizade e nossa vontade de nos apresentar juntas. Que as Lolas possam encontrar uma forma de seguir em frente.

não pretende começar uma carreira efetivamente, serão apenas músicas. E que de forma nenhuma isso irá atrapalhar as Lolas.

— Roger, você sabe que está sendo ingênuo e se enganando, não sabe? — Paula disse.

— Sei que Raíssa não quer fazer isso por mal, ela só quer...

— Roger — eu o interrompi —, a questão é que ela já fez. Os boatos já estão na rua. As pessoas só nos perguntam sobre isso. A mídia está faminta por essa cobertura. Enquanto os outros perguntam a ela sobre a parceria, como ela conseguiu, o que teve que fazer, essas coisas, conosco é diferente. Querem saber se as Lolas vão acabar. Se estamos apoiando a carreira da Raíssa. Se vamos gravar música própria. Esse tipo de coisa. É cansativo e chato. Mesmo se ela tivesse feito sem pretensão de nos atrapalhar, já atrapalhou. E agora não temos como voltar atrás.

Felizmente, o trânsito andou e conseguimos chegar ao estacionamento do evento a tempo. Fomos direto para o camarim e começamos a nos preparar. Raíssa não estava em lugar nenhum à nossa vista. Sem que esperássemos, vimos Tuco entrar na sala e pedir pelo figurino de Raíssa. Ele saiu com a peça e informou a Roger que tinha conseguido um camarim para ela.

Um camarim particular. Reservado para ela.

A casa caiu.

— Como você espera que a gente não acredite que ela quer *foder* a gente? — perguntei.

— Isso é só o começo, Roger — decretou Paula. — Essa desgraçada vai começar a construir a carreira solo dela e, quando menos esperarmos, vai lançar álbum e marcar shows.

— Que ela não cruze o meu caminho, porque sou capaz de arrancar cada um dos apliques de cabelo dela — Bianca ameaçou.

— Meninas, acalmem-se, por favor — pediu Roger. — Vocês vão para o *meet* & *great* em dez minutos. Raíssa estará lá.

— Sem condições — Paula disse, balançando a cabeça. — Sorrir e acenar para nossos fãs enquanto quero fazer picadinho de Raíssa?

Todas nós concordamos e apoiamos. Não tínhamos condições de fazer algo assim.

— E vocês querem fazer o quê? Cancelar o encontro com os fãs?

A discussão começou. Prós e contras. Como o público perceberia isso. O que diriam. Como lidaríamos com as fofocas da imprensa.

— Eu já sei! — Thainá, que era a única a tentar soluções para apa-

DONA DE MIM   87

Epílogo

But you didn't have to cut me off! Make out like it never happened and that we were nothing. And I don't even need your love, but you treat me like a stranger and that feels so rough. (...) I guess that I don't need that though. Now you're just somebody that I used to know.

Mas você tinha que me excluir! Fingir que nunca aconteceu e que não tivemos nada. E eu nem preciso do seu amor, mas você me trata como um estranho e isso é duro. (...) Acho que não preciso mais disso. Agora você é só alguém que eu conhecia.

Somebody that I used to know – Gotye e Kimbra

O festival era uma celebração dos cariocas à vida. Os shows aconteceriam na Marina da Glória durante toda a tarde, entrando na noite livremente. Era um evento de três dias e fomos escolhidas como as *headliners*[1] do segundo. A van me buscou em casa e Raíssa não estava no grupo. Quando perguntei a Roger, ele disse que ela tinha acabado de chegar ao local do evento com Tuco. Além do nosso evento, havia uma corrida acontecendo no Aterro do Flamengo e, por isso, ele estava fechado. Enfrentamos um engarrafamento horrível. No caminho, imagens nos pontos de ônibus zombavam da nossa cara.

A gravadora começou uma campanha enorme de divulgação do novo single da Age 17 no Brasil. O problema é que o single é uma parceria com ninguém mais, ninguém menos, que a *persona non grata* da banda, Raíssa. Então, para qualquer lugar que olhávamos, havia uma foto dela no meio dos cinco rapazes. Isso só fazia crescer o nosso descontentamento.

— Ainda bem que essa peste não está aqui na van, porque não sei o que teria feito — Bianca grunhiu.

— Meninas, já que tocamos no assunto e apenas vocês quatro estão aqui, vamos conversar — Roger falou. Ele estava sentado no banco da frente da van e pediu ao motorista para descer. Assim, ele entrou na parte de trás e ficou de pé, olhando para todas nós. — Fui comunicado pela gravadora sobre essa música e informado por Tuco, o assessor de Raíssa. Eu conversei com ele, que me garantiu que serão situações muito pontuais. Ela

---

1   *headliner* - apresentação principal do evento.

um misto de sentimentos, todos eles bons.

— Fica tranquila, Ester. Leve o tempo que precisar. Não estou apaixonado por você. — Seus lábios tocaram os meus com tanta ternura, respeito, sentimento… Ele parecia venerar a minha boca. Eu sentia o coração dele naquele beijo, no encontro dos nossos lábios, na nossa respiração. Separando-se de mim, Bruno completou: — Por enquanto, ainda não.

— Pai… — chamei, entrando na casa dele. — Está em casa?

Foi uma decisão repentina. Sei que meu pai não esperava me ver hoje, mas depois de um dia maluco, coloquei algumas roupas na bolsa, peguei o carro e dirigi para Magé.

Meu pai apareceu no corredor, saindo da cozinha, um pano de prato no ombro.

— Ei, garotinha. Que surpresa boa!

Fui até ele e me deixei ser abraçada. Conforto, paz e tranquilidade.

— Tudo bem se eu ficar aqui hoje?

Ele separou o abraço e me olhou preocupado.

— Você está bem, filha?

— Estou. Tive uma consulta na psicóloga hoje que me desestabilizou emocionalmente e queria um pouco de colo do meu pai.

— Ô, minha bebê! — Ele me abraçou de novo. — Esse colo está sempre disponível para você.

Ele me levou para a cozinha onde terminou nosso jantar. Conversamos sobre minha consulta, as memórias do acidente e a falta que Rita fazia na nossa vida. Sobre os próximos livros da editora do meu pai, as loucuras que a banda enfrentava por causa da Raíssa e meu relacionamento com Bruno.

Peguei no sono no sofá, deitada no colo do meu pai. O cafuné dele sempre foi infalível. Quando acordei, estava deitada na minha cama e um cheiro delicioso vinha da cozinha. Cheiro de uma época boa da minha vida, quando meu pai era tudo o que tinha de mais importante nessa vida e eu não precisava fazer escolhas difíceis constantemente.

DONA DE MIM

tentar. Lembrei-me de estar parada no térreo com as meninas enquanto o Uber chegava para buscá-las. Um cara passou ao meu lado e esbarrou em mim. Ele parecia nervoso e olhava de um lado para o outro. Segundo as fotos que a delegada me mostrou, ele era o cara que foi assassinado.

Além disso, eu me lembrava de um carro suspeito parado próximo ao hotel com dois caras dentro. Eu tinha achado a placa do carro engraçada porque era PAI-1507. 15 de julho é o aniversário do meu pai e isso parecia um sinal. Também tinha na mente o rosto deles, mesmo que não com muitos detalhes. Ruth perguntou se eu era capaz de reconhecer uma foto deles.

Os dois caras que eles me mostravam como o carona estavam errados, mas uma das opções para motorista era a certa. Ruth me agradeceu e disse que entraria em contato em breve. Depois, pediu que Bruno me acompanhasse para fora e saiu em disparada da sala, dando ordens pela delegacia.

— O que você vai fazer agora? — perguntou, enquanto abria a porta do carro para mim.

— Não tenho nada programado.

— Tudo bem, então vamos dar uma volta.

Bruno dirigiu até o Posto 2 na Praia do Pepê e me fez descer do carro. Tiramos os sapatos — felizmente, eu estava de rasteirinha e ele tinha um chinelo — e caminhamos até bem perto da água. Sentamos em cima dos nossos calçados e ficamos observando o mar.

— Ester…

— Bruno… — falamos ao mesmo tempo.

— Primeiro as damas.

— Ainda estamos em fevereiro e 2018 já é uma montanha-russa para mim. Presenciei um assassinato que mexeu com a minha ansiedade, minha banda está prestes a perder uma integrante e uma das minhas melhores amigas está grávida. Mas o ponto alto para mim foi ter conhecido você. — Entrelacei nossas mãos. — Queria estar inteira para amá-lo, mas ainda sinto que preciso trabalhar as coisas aqui dentro. Obrigada por ser tão paciente, por cuidar de mim e por não me forçar a nada.

— Estamos só começando, Ester. — Ele se esticou e beijou meu rosto. Depois, disse as palavras seguintes no pé do meu ouvido: — Obrigado por me escolher.

— Mas… você não está apaixonado por mim ainda, né? Porque acabei de dizer que não estou pronta.

Bruno deu uma risadinha e olhou nos meus olhos. Ali, eu podia ver

na minha mente por semanas, meses, anos. Troquei de psicólogo como quem troca de roupa. Terapeutas. Todo tipo de gente. Achei que tinha superado até ouvir tiros soarem tão perto de mim quanto naquele dia. As imagens começaram a voltar para mim enquanto estava na cadeira da psicóloga. Eu me lembrei de coisas que, no momento, tinham sido bloqueadas da minha mente. Liguei para Bruno no minuto em que coloquei o pé para fora da sala de Valéria.

— Oi, linda. Fala comigo.

— Bruno... — chamei, tentando controlar o choro que queria voltar. — Eu preciso ver a delegada Ruth. Já conseguiram fechar aquele caso?

— Ei, está tudo bem? Você está chorando?

— Bruno, eu me lembrei. Acho que posso ajudar. Preciso ver a delegada Ruth.

— Calma, Ester. Onde você está?

— Saindo do consultório da doutora Valéria.

— E você consegue pegar um táxi para a delegacia? Eu vou encontrar você lá.

— Consigo. Você continua no telefone comigo?

— Claro que sim. Deixa só eu conectar o telefone no carro.

— E eu vou pegar um táxi. Ligo quando estiver dentro.

Bruno estava me esperando na entrada da delegacia quando cheguei. Ainda estávamos falando ao telefone, mas ele veio e abriu a porta para mim enquanto eu pagava ao motorista. Ele me acolheu em seus braços e derramei mais algumas lágrimas. Eu não sei por que estava chorando, mas era um sentimento que crescia dentro de mim de forma estranha. Ao menos eu tinha alguém para me apoiar.

— Falei com a Ruth enquanto você pegava o táxi e ela está esperando por você lá dentro. Quer que eu vá junto?

Ele não precisava nem ter perguntado. Durante todo o meu depoimento, Bruno ficou na sala comigo, o que me deu mais tranquilidade. Eu não sabia se o que tinha me lembrado seria útil, mas não custava nada

Dona de Mim

Décimo Quinto

Me perdi pelo caminho, mas não paro, não. Já chorei mares e rios, mas não afogo, não.
Dona de Mim – Iza

Seu futuro depende unicamente de você.

Doutora Valéria me disse essa frase no primeiro dia de consulta e decidi fazer dela um mantra. Claro, podem surgir pessoas e situações no caminho de qualquer um e nós precisamos aprender a lidar com isso. A nos reinventar, sabe? O importante é não ficar parado, olhar para o teto e esperar o tempo passar.

Por isso não deixei que o que aconteceu me afetasse. Claro, fiquei revoltada, irritada, mas decidi seguir em frente. Fui visitar meu pai, apresentei Bruno a ele. No dia seguinte, ele me levou para conhecer sua mãe. Tremi igual vara verde, mas não me rendi. Hoje pela manhã, fui à praia com Bianca para mostrarmos que parte das Lolas ainda estavam unidas. Estava com o espírito mais leve quando fui ao consultório de Valéria.

Comecei contando um pouco sobre o que estava acontecendo na banda, mas, quando vi, estávamos em um assunto totalmente diferente: a primeira vez que presenciei um crime. As memórias do dia em que meu pai teve um evento em outra cidade e eu fui dormir na casa de Rita eram muito reais. Vi a mulher que meu pai amava e que eu considerava uma segunda mãe ser assassinada bem na minha frente. As imagens vieram com força. Nós estávamos sentadas na varanda do apartamento dela, olhando as estrelas e devorando um prato de brigadeiro depois do jantar. Um tiroteio começou de algum lugar que até hoje não sei onde foi e uma bala perdida a encontrou. Eu estava ao seu lado e, nervosa, a segurei nos braços quando caiu. Uma adolescente, os 15 anos completos há pouco, não soube direito o que fazer. Liguei para o meu pai que ficou nervoso e voltou para casa no mesmo dia. Quando o socorro chegou no apartamento dela, era tarde demais. Eu tinha perdido a figura feminina que, por anos, aprendi a amar e respeitar. Meu pai tinha perdido o grande amor da sua vida e nunca mais foi o mesmo.

A imagem de segurar Rita nos braços enquanto ela sangrava se repetiu

82

Carol Dias

— Filha da puta!

— Ei, o que houve? — perguntou Bruno.

Eu estava nervosa demais para responder a ele, então apenas gravei um áudio para o nosso grupo do WhatsApp.

— Essa garota come merda? Ela acabou de sair de uma reunião para que tentássemos conter os rumores e solta uma dessas? Eu vou matar essa infeliz! Ela quer destruir as Lolas de uma vez? Que ódio!

— O que a Raíssa fez agora?

Sem ter como falar, joguei o celular na mão do Bruno. Ele passou um tempo subindo as conversas em que as meninas xingavam sem parar e achou o link da entrevista. Levantei-me da cama, agitada demais.

— Essa infeliz tinha que pagar uma multa para doer no bolso dela as merdas que está fazendo com a nossa banda. Nossa, que raiva de alguém com mente tão pequena!

— Pagar uma multa eu não sei, Ester, mas vocês precisam fazer alguma coisa. Se ela continuar fazendo esse joguinho, sempre vai sobrar para vocês.

Ele me devolveu o celular. As meninas estavam xingando horrores no grupo, mas eu não queria pensar nisso agora. Mandei uma mensagem para Letícia e Natália perguntando se elas estavam disponíveis para sair hoje. Depois, simplesmente travei o aparelho e o coloquei ao lado da cama. Eu precisava tirar essa garota da minha mente no momento porque era capaz de trucidá-la.

— Já fez sexo com raiva? — perguntei, subindo no colo dele. — Porque tenho plena certeza de que faz a gente esquecer o que nos deixou puta em questão de um orgasmo.

Rindo, ele segurou meu rosto.

— Então vou te dar uns dois ou três para ajudar, tudo bem?

Depois de cumprir as promessas, Bruno saiu para o trabalho. Combinei de ver Letícia e Natália, que foram comigo a um barzinho na Gávea. Proibi as duas de falar das Lolas naquela noite e nós nos divertimos demais. Entre um policial gostoso e chope com minhas melhores amigas, o sentimento de traição que me consumiu o dia inteiro começou a diminuir. Eu só queria forças para sobreviver aos ataques da Rai pelos próximos meses sem sequelas graves.

As mensagens eram do grupo urgente que eu tinha criado para as Lolas e nunca apaguei. Bianca tinha enviado um link de uma reportagem. O título já chamava a atenção, mas cliquei para ler o conteúdo.

Raíssa, das Lolas, anuncia música com artista internacional
Colaboração deve sair no início de março

Novidade para as fãs das Lolas! Em entrevista de rádio, Raíssa anunciou que gravou uma participação no novo single da *boyband* britânica Age 17, que participou do mesmo *reality show* que as revelou, porém na Inglaterra. Ela revelou que está muito animada com a parceria e que quer que os fãs possam ouvir essa outra versão dela.

Sobre a *boyband*, ela se revelou uma grande fã e disse que ainda não os conheceu pessoalmente: "Tive a oportunidade de conversar por chamada de vídeo com eles durante o processo de produção da canção. São pessoas incríveis e eu mal posso esperar para conhecê-los pessoalmente". Parece que a moça não terá de esperar muito, já que os rapazes têm shows marcados em abril no país. Quem sabe não rola a primeira apresentação da faixa?

A notícia vem para confirmar rumores sobre uma possível separação da banda, que estão circulando na internet durante todo o dia. Questionada, a assessoria de imprensa do grupo não se posicionou sobre o fim das Lolas, mas hoje elas confirmaram shows pelo mês de março e abril.

— Ótimo, temos cinco integrantes no grupo. Vamos...

— Antes que você continue, eu preciso dizer algo. — Paula fez Roger parar. — Estou grávida e não poderei me apresentar ou viajar de avião por um período. Espero que entendam.

— Paula, nós estamos com você. — Thainá segurou na mão dela ao dizer. — No momento em que precisar parar de dançar, faremos o show sentadas com você. Quando sua barriga estiver grande demais para se apresentar ou você não estiver se sentindo bem, vamos tirar férias.

Enquanto Bianca e eu assentíamos, Raíssa ficou calada. Eu não dava a mínima para ela e, se a mocinha decidisse deixar a banda, nós quatro faríamos funcionar. Little Mix é um quarteto incrível. A formação mais famosa do Destiny's Child tinha três integrantes.

Não precisávamos de alguém no grupo, se a intenção dela era atrapalhar.

Roger nos deu os dias restantes de fevereiro para colocarmos a vida nos trilhos. O primeiro show de retorno da nossa turnê seria em um sábado, 3 de março, durante um festival. Para tentar contornar a confusão que a mídia criou, fizemos uma *live* no Instagram. Contamos sobre o bom resultado da audiência de Thainá, cantamos algumas músicas que os fãs pediram e falamos sobre a agenda para março e abril. Não queríamos confirmar os meses seguintes porque Paula precisava confirmar com o médico dela até quando poderia se apresentar. Não citamos em nenhum momento as matérias da imprensa sobre a separação da banda.

Por sorte, na saída da reunião, Bruno disse que tinha resolvido as coisas dele e estava livre até a hora do trabalho. Ele foi me buscar na gravadora e nós voltamos para o meu apartamento em Ipanema. Ficamos por lá vendo um filme na Netflix e namorando um pouco. No fim da tarde, várias mensagens começaram a chegar sem parar no meu celular. Eu queria ignorar, mas a quantidade chamou minha atenção.

— Ei, pega para mim? — pedi a Bruno, que parou de beijar a minha nuca para se esticar.

Dona de Mim

Eu sinto muito pelo que aconteceu lá fora. Precisamos discutir esse vazamento e arrumar uma maneira de abafar o assunto para que as manchetes se voltem ao que realmente importa no momento.

— Já que todas estão aqui, vamos começar a reunião — Roger disse, sentando-se à mesa.

Nós os seguimos. Roger e Cecília ocupavam as cabeceiras da mesa. Paula, Bianca e Thainá se sentaram à direita de Roger, enquanto restou o lado esquerdo para mim, que tive que dividi-lo com Raíssa e Tuco.

— Queremos discutir uma estratégia com vocês para tratar esse assunto e, logo em seguida, Roger quer fechar a agenda dos próximos meses. Tudo bem?

Nós concordamos e a reunião começou de fato.

— A melhor forma de provar que a banda não está se separando é o comprometimento. Mostrar ao público que as cinco integrantes estão dedicadas à agenda e ao grupo. Mas, antes de qualquer coisa, eu preciso perguntar. — Roger olhou para cada uma de nós. — As Lolas vão continuar em atividade? As cinco integrantes estão comprometidas?

O silêncio se fez por alguns segundos. Estávamos, claro, esperando Raíssa se manifestar primeiro. Era ela quem queria causar uma rachadura na nossa unidade.

— Bom, elas têm um contrato... — Tuco começou a falar.

— Olha, vamos deixar uma coisa bem clara aqui — Bianca o interrompeu. — Você não fala. — Ela se debruçou na mesa e o encarou. — Se a pergunta for direcionada a uma Lola, você está proibido de dar um pio. Só abra sua boca se a Rai pedir que fale. Exceto por esse motivo, não fale por nenhuma de nós. — Então ela se virou para Raíssa. — Ninguém aqui trouxe um assessor. Estamos lidando com essa cobrança da imprensa por sua causa. Todos deveriam estar noticiando a vitória da Thai hoje, não a merda do fim da banda. Então controle o seu funcionário antes que a gente o jogue para fora da sala e você tenha que se virar sozinha. — Raíssa engoliu em seco e acenou. — Prossiga, Roger.

— Não, quero que vocês falem... A banda segue? — repetiu e continuou nos encarando.

— Sim, Roger. Você tem quatro integrantes comprometidas — falei. — Não posso dizer o mesmo de Raíssa.

— Eu não vou sair também — completou. — Estou comprometida se as outras estiverem.

Décimo quinto

'Cause baby, now we got bad blood. You know, we used to be mad love.
So take a look what you've done, 'cause baby, now we got bad blood.
Now we got problems and I don't think we can solve them. You made a
really deep cut and baby, now we got bad blood.

*Pois baby, agora nós temos uma rixa. Sabe, costumava ser um grande amor. Mas olhe o que
você fez, pois, baby, agora nós temos uma rixa. Temos um problema e não sei se podemos
resolver. O corte que você fez foi profundo e, baby, agora nós temos uma rixa.*

Bad blood – Taylor Swift

Vi Tiago e Thainá se despedirem no prédio da gravadora antes que ele
entrasse em um Uber para o trabalho. Depois, ela acenou e entrou com
Marcão. Olhei para Bruno e aceitei o abraço que ele me oferecia.

— Quer que eu fique com você para quando for sair?

— Não precisa. — Respirei fundo. — Sei que tem coisas a fazer. Nós
vamos ficar bem aqui, dar um jeito de resolver isso e encarar. Quando sairmos, eu te ligo. Provavelmente vou precisar usar seus ouvidos para xingar
um pouco e relaxar.

— Claro, minha linda. Sou todo seu. — Ele deu um sorrisinho e selou
meus lábios. — Boa sorte lá na reunião.

Ele me soltou e esperou que eu entrasse no prédio. Thainá estava parada na porta do elevador, Marcão a alguns metros dela.

— O que houve? Elevador está com problemas?

— Não… — Ela suspirou e chamou o elevador. — Não quis subir lá
sozinha e resolvi esperar por você.

Sorrindo para Thainá, estiquei o braço para que ela entrelaçasse ao meu.

— Vamos, mocinha.

Ao chegarmos na sala, Roger conversava com Paula, Raíssa com Tuco
e Bianca estava no celular com alguém. Cecília, nossa assessora de imprensa, digitava algo no computador e se levantou logo que nos viu.

— Meninas, nossa, está tudo bem com vocês? — Nós assentimos. —

Dona de Mim

Silêncio de integrantes da girlband Lolas reforça teoria sobre fim da banda

Thainá e Ester foram questionadas pela equipe na saída de uma audiência

Os fãs da banda Lolas foram surpreendidos na manhã desta sexta-feira (23) com a notícia de que elas estariam se separando. Segundo fontes, os últimos meses vêm sendo complicados para a união do grupo, que decidiu seguir separado após a conclusão dos últimos compromissos agendados.

Questionadas na saída da audiência sobre o caso de violência doméstica sofrido por Thainá, ela e a colega de banda, Ester, decidiram se manter em silêncio. As duas estavam acompanhadas por um segurança, pelo namorado de Thainá, Tiago, e pelo novo *affair* de Ester, o policial Bruno Santana.

Bianca e Raíssa são apontadas como as principais interessadas na separação do grupo. Fontes dizem que uma delas decidiu seguir carreira solo e, por isso, não teria tempo para se dedicar ao grupo.

— Sim, posso buscar e parar aqui na frente.

— Melhor que eu vá buscar seu carro — Tiago falou. — Você é policial, pode ajudar Marcão a tirar as meninas daqui de dentro.

Bruno entregou sua chave a ele e deu as direções de onde estacionou. Marcão saiu para esperar enquanto Thainá ligava para informar Roger sobre o combinado. Ficou acertado que iríamos para o escritório da gravadora para resolver isso. Quando Tiago chegou, tudo aconteceu muito rápido. Passamos por um corredor de repórteres protegidas pelo meu policial e nosso segurança e entramos no carro, que saiu assim que nós cinco estávamos do lado de dentro.

Infelizmente, não ficamos imunes às perguntas. Questionavam sobre o fim da banda, sobre a saída de Bianca e Raíssa, sobre uma briga que elas tiveram em um festival. Faziam inúmeras perguntas, mas nenhuma era sobre o assunto mais importante: um agressor dormiria por trás das grades pelos próximos três anos.

No caminho para o escritório da gravadora, olhei para Thainá que via as ruas do Rio de Janeiro passarem com um semblante triste. Segurei a mão dela, apertando-a e tentando transmitir força.

— Vamos passar por isso, Thai.

Ela me deu um sorriso triste e deitou a cabeça no meu ombro.

Vou cortar a língua do filho da puta que vazou algo assim em um dia importante como hoje e tirou aquele sorriso lindo do rosto da minha melhor amiga.

O sorriso no rosto de Thainá ficaria marcado na minha memória por muito, muito tempo. Era lindo ver que, depois de todo o tempo que sofreu nas mãos do Matheus, agora ela se sentia aliviada.

De braços dados, caminhamos pelos corredores em direção à saída. Tiago e Bruno nos acompanhavam. Há poucos dias, Thainá e o policial sentaram para conversar. Ele explicou que o caso dela era muito importante, de diversas formas. Muitas mulheres por todo o Brasil sofriam violência doméstica, mas acreditavam na impunidade dos agressores e esse era mais um motivo para vencermos. Precisaríamos de um caso sólido, impossível de ser derrotado. Por isso, Ananda, a delegada dele, iria assumir. Bruno estava envolvido comigo e, por mais que isso não interferisse no trabalho de investigação dele, era melhor que ajudasse apenas nos bastidores. Ananda daria a cara a tapa para mostrar a importância do caso para a delegacia. Também porque ela é mulher, claro. Não é à toa que, em vez de nosso advogado Daniel entrar no caso, sua esposa Giovanna o fez.

Para a próxima semana, Thainá programou entrevistas e a gravação de uma campanha de incentivo à denúncia. Vencendo o processo ou não, ela queria ser um símbolo para as mulheres de que nossa justiça funciona.

Encontramos nosso segurança já próximo da saída. Ele caminhava em nossa direção e nos impediu de prosseguir.

— Senhoritas, vou pedir que aguardem um minuto aqui dentro — pediu, mas eu podia ver seu semblante preocupado.

— O que houve, Marcão?

Ele respirou fundo antes de dizer:

— A imprensa está aí fora. Parece que saiu alguma matéria sobre o fim da banda. Roger pediu que eu segurasse vocês duas aqui dentro até que um carro possa buscá-las.

Ah, merda. Quem foi o desgraçado?

— A matéria é muito ruim, Marcão? — Thainá questionou.

— Sinto dizer que não sei informar, senhorita. Roger apenas deu a informação e pediu que eu aguardasse.

— Bruno está de carro — comentei.

DÉCIMO TERCEIRO

People say crazy things! Just 'cause I said it, don't mean that I meant it.
Just 'cause you heard it… Rumour has it…

As pessoas dizem coisas loucas! Só porque eu disse, não quer dizer que eu falei sério. Só porque você ouviu… Dizem por aí…

Rumor Has It – Adele

EXCLUSIVO: Fim da girlband Lolas é questão de tempo

Fonte afirma que integrantes não têm mais interesse em seguirem juntas

Tudo que é bom chega ao fim! Parece que esse momento chegou para a nossa *girlband* favorita! Uma fonte muito próxima das Lolas afirmou que as integrantes devem apenas cumprir seus últimos compromissos da carreira antes de dar uma pausa sem data de retorno, pois não têm mais interesse em continuar cantando como banda. A gravadora deve liberá-las da multa rescisória sob a condição de que as cinco assinem com eles para carreira solo.

Os rumores começaram após um festival em que a banda esteve presente no Carnaval. Nele, Paula, uma das integrantes desmaiou e precisou deixar a apresentação. As outras quatro integrantes concluíram o show sem ela. Membros da equipe que trabalhava no evento revelaram ter ouvido uma briga entre duas integrantes, Bianca e Raíssa, após o ocorrido.

Especula-se que uma das integrantes tenha decidido seguir carreira solo, o que gerou uma rachadura no grupo. Apesar disso, as Lolas estão remarcando as datas dos shows que foram cancelados nos últimos meses após a revelação de que o namorado de uma das integrantes era violento com ela. Leia mais sobre o assunto aqui no site. As novas datas para shows se estenderão pelos meses de maio e abril.

DONA DE MIM

E eu me pergunto por que as pessoas resolvem fazer carreira solo se ter alguém em quem confiar em cima do palco e dividir os problemas era a melhor sensação da vida.

Nós nos separamos no final do bloco. Thainá foi para casa com Tiago, Raíssa saiu com Igor (um cantor que é seu melhor amigo) e eu fui para casa esperar por Bruno. Minhas amigas se juntaram à Paula e Bianca em direção a um camarote para ver o Desfile das Campeãs. Segundo elas, era carnaval e elas queriam beijar na boca. Meia hora depois que cheguei, ele tocou a campainha.

— Assisti uma *live* que estava disponível lá na conta das Lolas no Instagram — ele disse assim que abri a porta. — Fiquei imaginando que o príncipe encantado que faz par com a princesa Tiana era muito sortudo. Aí lembrei que esse sou eu e vim correndo encontrar minha princesa na torre dela.

Pegar geral no Carnaval é muito bom, mas depois que você encontra um homem com a pegada do policial que se dizia meu príncipe encantado... Você simplesmente não queria outra vida. Monogamia com um deus grego desses é a meta de relacionamento para qualquer mulher.

Paula ficou bem ao amanhecer, mas o sentimento não durou. Estávamos a caminho do aeroporto para o show do dia seguinte quando ela recebeu uma ligação de Davi, dizendo que sua melhor amiga tinha perdido os pais. Ela nos deixou imediatamente e foi em socorro de Luiza.

A nossa sorte é que a cantora em que subiríamos no trio era maravilhosa. Iríamos cantar uma música dela e uma nossa. Na nossa, ela pegou as partes de Paula; na dela, dividimos para cinco em vez de seis. Quando eu estava pronta, pedi que Thainá gravasse um vídeo meu caminhando no corredor ao som de Crazy in Love da Beyoncé. Mandei o vídeo para Bruno, que não respondeu imediatamente. Ele estava de serviço. Antes de entregar meu celular a Roger, dei uma última olhada e vi que Bruno respondeu: um gif de um cara se abanando e vários emojis de fogo.

> Arrasa no palco, gata. Saindo do plantão agora. Vou ficar de casa babando nesse vídeo.

Voltamos para o Rio de Janeiro no dia seguinte. Nós nos demos folga na quarta-feira de Carnaval porque passaríamos a quinta e a sexta ensaiando para o nosso bloco. Sábado era o grande dia. Bruno também teve folga na quarta, então passamos o dia na minha casa tirando o atraso. Até a apuração dos Desfiles das Escolas de Samba nós vimos! Quero dizer, a TV estava ligada, mas nós somos multitarefas e exercemos outras atividades.

Infelizmente, Bruno estava de plantão no dia do bloco, mas fiz questão de mandar fotos e vídeos do meu look para ele. Dessa vez, filmados por Natália. Ela e Letícia eram musas no nosso trio. O bloco era à tarde, depois do almoço, e ele só estaria livre depois das sete.

Felizmente, tudo correu bem. Vimos uma briga entre foliões e reclamei com eles no microfone pedindo por respeito, mas, no geral, não tivemos problemas. Fizemos Paula se hidratar e comer entre as músicas para que ela não passasse mal. Segurar um bloco é muito difícil e era muito bom poder dividir a carga com outras quatro cantoras. Estar sozinha em cima daquele palco, provavelmente, complicaria tudo.

e o show parou. Faltava apenas uma música e o bis para terminarmos a apresentação, mas fizemos logo a pausa. Felizmente, ela não demorou a recobrar a consciência.

— Nós vamos com ela ao hospital. Vocês voltem ao palco, digam que Paula está bem e terminem o show — Roger ordenou, antes de sair.

Nós nos entreolhamos e assentimos.

— Eu cubro o solo dela — disse. — Mas ela fazia a segunda voz em um dos meus solos no nosso bis. Alguém pode fazer?

— Deixa comigo — Thainá ofereceu. — Vamos voltar e acabar logo com isso.

Voltamos ao palco. Bianca explicou ao público que Paula não se sentiu bem, mas que já estava se recuperando. Pediu que todos cantassem bem alto para que ela pudesse ouvir do *backstage*, o que duvido muito que pudesse ocorrer, já que ela estava saindo para um hospital.

No final do show, levamos algum tempo para conseguirmos nos livrar do tumulto e organizar nossa ida. O clima estava estranho entre Bianca e Raíssa, mas não dei muita atenção a isso, porque nenhuma de nós estava em um clima amigável com ela. Estávamos prestes a sair quando Mônica, a assistente de Roger, deu o recado.

— Paula está bem, foi só uma queda de pressão. O médico já a liberou e ela vai para o hotel descansar. Roger mandou todo mundo fazer o mesmo.

Bruno me levou de carro para o hotel. No caminho, escrevi um bilhete para Paula dizendo que esperava que ela ficasse bem logo e que nós nos veríamos no dia seguinte. Eu sabia que todo mundo a sufocaria assim que chegasse do hospital, mas não queria ser assim. No dia em que tudo aconteceu e eu voltei da delegacia, a multidão em cima de mim me deixou nervosa. Não faria isso com Paula.

Além disso, eu tinha outros planos para encerrar minha noite.

— Preciso ser sincero sobre uma coisa — comentou Bruno logo que joguei o bilhete debaixo da porta dela e nós caminhamos para o quarto. — Estou muito feliz que você não tirou o figurino do show… — Seu tom de malícia não passou despercebido.

— Imaginei que você gostaria de fazer as honras.

Chegamos à porta do quarto e nós paramos enquanto a destravávamos. Bruno encostou o corpo por trás do meu e beijou a minha nuca.

— Certa como sempre.

duas batidas na porta e logo Thainá abriu.

— Estamos entrando.

Nós nos separamos, mas continuei sentada no colo dele. Por "estamos" ela quis dizer a equipe completa. Quatro Lolas, maquiador, cabeleireiro, treinador vocal e Roger.

— Hora do show, Ester — Roger avisou.

Bom, eu conhecia o aviso. Deixei um selinho rápido nos lábios de Bruno e me levantei.

— Lolas, equipe, esse é o Bruno. Estamos nos vendo em um relacionamento sem denominação até que eu esteja melhor das minhas crises. Depois do meu sinal, digam seus nomes para que esse *boy* lindo possa conhecer vocês.

Rindo, todos disseram os nomes e pedi ajuda para consertar o que tínhamos estragado da minha maquiagem. Começamos a aquecer as vozes antes de ir para o palco. Ao sairmos nos corredores, dessa vez, eles estavam cheios. Nossos músicos e dançarinos estavam por toda parte. Antes de subir ao palco, indiquei a Bruno onde ele poderia ficar me esperando e assistindo ao show.

— Sempre quis dizer isso a alguém, então lá vai: quebre a perna, Ester.

Rindo do bordão, deixei um beijo curto em seus lábios.

— Hoje eu vou dançar e cantar para você. Mais tarde, quando você me levar de volta para o hotel, vou te fazer uma coreografia particular. — Pisquei e me afastei.

É assim que se deixa um homem louco, meninas, anotem a dica.

Já tínhamos passado de uma hora de show quando notei que alguma coisa estava errada com Paula. Enquanto Bianca animava o público para o próximo show, puxei-a para tomar uma água.

— Você está bem? Está mais branca que o normal. — Entreguei a garrafa de água a ela.

— Estou. Fica tranquila — assegurou-me.

Não acreditei muito nela, mas ouvi as notas da próxima música começando e fui para a minha posição. Ainda assim, fiquei de olho. Duas músicas depois, minhas suspeitas se confirmaram. É comum que tenhamos quedas no palco. Tropeçamos em fios, nos nossos próprios pés… Mas logo nos levantamos e continuamos o show. Dessa vez, Paula caiu e um dos dançarinos, que estava perto dela, conseguiu segurá-la. Mas foi um desmaio e ela não levantou. Erguendo-a, o dançarino levou-a para dentro

Dona de Mim

69

— Foi minha vez de suspirar. — Quero que dê certo entre nós dois, Bruno. Quero que a gente continue saindo para almoçar e jantar. Quero ir além com você. Chegar na fase de arrancar as roupas de uma vez por todas. Mas preciso que você entenda que ainda estou quebrada. Ainda tenho ataques de ansiedade de vez em quando. Agora mesmo estava tentando te ligar e você não atendia. Estava prestes a ter uma crise, mas Thainá chegou e me distraiu. Sei que isso não vai curar agora, mas queria muito que tentássemos.

Bruno puxou meu rosto na sua direção e me beijou. Devagar, sua língua ia explorando minha boca e sua mão escorregou do meu rosto para minha perna direita, contornando cada uma das minhas curvas. Ele me trouxe para sentar no seu colo e eu não me fiz de tímida. Enfiei minhas mãos por dentro da camisa que ele usava.

— Daqui a pouco as outras Lolas vão dar as caras por aqui — avisei. Bruno desceu os beijos para o meu pescoço e ombro. — Não podemos nos animar muito.

— Alguém já disse que você parece uma deusa nesse figurino? — Isso é o que eu chamo de elogio! — Quando virei o corredor e vi você parada lá, eu me dei conta da preciosidade que tenho em mãos. — Ele parou de beijar meu corpo, mas me olhava com admiração e seus dedos acariciavam minha cintura. — Conheço seus medos, Ester. Conheço seu coração. Respeito todos eles, porque respeito a mulher que você é. Conte comigo ao seu lado para ser seu apoio.

— Mas não estou pronta para me apaixonar por você, Bruno. Não é justo pedir comprometimento a você quando eu não estou com a mente e o coração prontos para me envolver. — Fui sincera com ele. — E não sei o que fazer porque não quero que se apaixone por mim, mas também não quero ficar longe.

— Paciência é um dom que eu desenvolvi, Ester. — Ele desceu as mãos para cobrir minha bunda. — Posso esperar até que esteja pronta e também não quero me afastar. Mas será que *você* consegue não me deixar de fora da sua vida?

— E você acha que, depois que eu provei, consigo me afastar disso?

Foi a minha vez de atacá-lo. Já nos beijamos bastante desde a primeira vez, mas paramos por aí. Nossos trabalhos ficaram no caminho em todas as oportunidades de chegar aos *finalmentes*. E, para ser sincera, eu queria ter tempo para apreciar esse homem com calma quando chegasse a nossa hora.

Dessa vez, foi o meu trabalho que ficou no caminho novamente. Ouvi

— Amiga, você está dançando o créu na velocidade 5. Bruno e eu ainda não estamos namorando.

— E vocês acham que os fãs se importam? Espera a primeira foto de vocês sair e verão os ships sendo criados.

— Você tem alguma sugestão para nós, Thainá? — Bruno perguntou, ignorando completamente o que eu disse.

— Bruster. Não, melhor, Brester. Esterno!

Esterno? O osso do corpo humano?

— Ah, não! — gemi. — Nossos nomes ficam horríveis!

Bruno ria ao meu lado. Ele apertou minha cintura, trazendo-me para mais perto dele e beijou minha bochecha.

— Eu estou tão feliz de ver as duas se divertindo que aceitaria qualquer apelido que os fãs quisessem dar. Vocês são batalhadoras e merecem muitos sorrisos pelo caminho.

— Ah, Bruno… — Thainá riu e se desencostou do batente. — Continue cuidando bem da minha amiga e alimentando-a com chocolate e sexo de primeira que essa bobona vai distribuir esse sorriso bonito por onde passar. Agora eu vou sair e deixar os dois pombinhos namorarem antes do show. — Ela nos deu as costas. — Usem camisinha, crianças!

Nós dois rimos das insinuações de Thainá, mas não falamos nada. Não era hora. Puxei-o para dentro do camarim comigo.

— Não contou para sua amiga que ainda não chegamos à fase de arrancar as roupas um do outro? — ele perguntou quando estávamos a sós.

— Não tivemos tempo de conversar sobre o que está acontecendo em nossas vidas pessoais ultimamente. Essa coisa da banda, a briga com Raíssa… Está tudo uma loucura.

— Entendo… — Nós nos sentamos no sofá lado a lado. — Acha que a coisa toda vai melhorar?

Neguei, sem saber muito o que poderia resolver.

— Acho que se Raíssa sair da banda de vez e nós conseguirmos confiar uma na outra novamente. Por enquanto, parece que estamos apenas esperando uma grande briga que vai nos separar de vez.

Bruno suspirou, sabendo que o assunto era complicado.

— Gostaria de poder fazer alguma coisa. — Levou a mão ao meu rosto e tocou com carinho.

Deixei-me descansar ali e receber seu afago. Era bom, muito bom.

— Você já está fazendo. Tem cuidado tão bem de mim, me apoiado…

DONA DE MIM

— Okay, estamos saindo totalmente.

— Ah, garota!! — ela disse, animada. — *Me conta* isso direito.

Fui salva pelo gongo, porque meu celular tocou. Não perdi tempo.

— É ele! — anunciei e atendi. — Ei, você!

— Ei, bonita. Foi mal não ter atendido antes. Eu já cheguei aqui. Disseram para eu seguir um corredor e procurar um camarim com o nome na porta, mas não tem Ester ou Lolas em lugar nenhum.

Gente que não sabe nem direcionar os outros. Ninguém merece.

— Fala algum nome que tenha aí onde você está.

— Vanessa...

— Ai, te mandaram para o lado errado. Volta por onde você veio e vira a primeira à esquerda. Vou te esperar no corredor — respondi, já indo em direção à porta.

Eu estava confiante no look escolhido. Estava com o dourado e meus seios pareciam ótimos nele. O corredor estava vazio e parei no meio, dando o meu melhor olhar matador para a direção onde Bruno deveria aparecer. A meta era fazê-lo perder a cabeça só de olhar para mim. Eu tinha planos para hoje à noite.

Fui bem-sucedida. Assim que meu policial entrou no corredor, ele arregalou os olhos e parou no corredor. Brincalhão, fingiu respirar fundo para recuperar o ar. Depois, abriu aquele sorriso matador e veio na minha direção. Cretino, aquele sorriso era para destruir qualquer ser humano.

— A gatinha é solteira? — ele soltou.

— Ah, não! — gemi em reclamação. — Você estava indo tão bem... Estragou tudo no final.

Ele riu e abriu os braços para mim. Eu me joguei neles, enlaçando seu pescoço e capturando seus lábios.

— Desculpe por ser horrível com cantadas — disse ao se separar.

— Tudo bem, eu perdoo tal erro. Mas só se você me beijar de novo. Sábado de carnaval e essa é a primeira vez que eu beijo na boca.

Rindo, ele me beijou de novo. Nós nos separamos apenas quando fomos obrigados por Thainá.

— Quem diria que vocês ficariam tão bonitos juntos! — Ela estava encostada no batente da porta, olhando-nos como uma mãe orgulhosa. — Precisamos de um nome para o casal. Sabia que os fãs estão chamando Tiago e eu de Thaiago? Eu achava Tiná melhor, então aproveitem para escolher antes que os fãs façam isso por vocês.

Décimo Segundo

Me abraça e me beija, me chama de meu amor. Me abraça e deseja, vem mostrar pra mim o seu calor.
Me abraça – Banda Eva

— Ei, Ester... O chão está pegando fogo? — Thainá perguntou, chamando minha atenção.

Demorei a me dar conta de que ela estava zombando de mim porque eu andava de um lado para o outro sem parar quieta. Sabia que estava prestes a perder o controle e ter outra crise, então comecei a controlar a respiração e conversar com minha amiga.

— Estou ansiosa.

— Isso deu para perceber. Queria te pedir uma coisa. — Ela riu e se sentou no sofá do camarim. Fomos convidadas para tocar em um festival em Cabo Frio, no interior do Rio de Janeiro. — Posso?

— Claro. Se eu puder, vou ajudar com toda certeza.

— Dia 23 é a audiência do meu caso contra o Matheus. Queria pedir para a minha mãe ir comigo, mas ela é muito intempestiva. Se o resultado não for bom, tenho medo de como vai reagir. Você se importa de ir comigo?

— Claro que eu vou. Imagina se eu te deixo sozinha numa situação dessas! Mas acho que precisamos de um segurança com a gente.

— Sim, eu vou pedir a Roger. — Ela assentiu. — Tiago está tentando ir, mas as coisas estão agitadas no trabalho.

— Só me passa direito que eu vou. — Segurei firme na mão dela.

— Mas me conta… O que está te deixando ansiosa, minha amiga?

— Bruno disse que viria depois do trabalho para o show, mas não está atendendo minhas ligações. — Eu já tinha me distraído, mas bastou falar outra vez para que o nervosismo me tomasse. Olhei para Thainá que me encarava em dúvida. Lembrei-me de que não tinha falado sobre ele com nenhuma das Lolas. — Bruno é aquele policial que me encontrou no Ano Novo. Nós estamos meio que saindo.

— Meio que saindo?

Escolhi essa música para ser vendida porque tinha certeza de que nunca conseguiria cantá-la em público. Era pessoal demais e falava dos ataques de pânico que eu sentia. Na letra, eu cantava sobre continuar respirando, mesmo que não conseguisse mais controlar meus pensamentos e vontades. O piano tornou a música ainda mais emotiva e não pude evitar as lágrimas que desceram. Quando, enfim, eu terminei de cantar, Davi entrou no estúdio e me abraçou forte.

— Essa música vale um Grammy, Ester. Espero consegui-lo para você.

Isso me fez rir. Separei-me dele, recompondo-me. A premiação norte-americana não tinha o costume de premiar artistas latinos.

— Não prometa o que você não vai cumprir.

— Tudo bem, para uma música em português, eu te prometo um Grammy Latino. Mas eu juro, algum dia vocês serão tão grandes lá fora que vão subir no palco do Grammy tradicional e agradecer ao Davi, seu produtor gato e maravilhoso pela faixa incrível. Agora chega de choradeira que temos mais músicas para produzir.

meus cadernos, mas era no caminho para o estúdio dele.

Diferente de Raíssa, que queria usar seu tempo livre das Lolas para "fazer suas próprias coisas", eu entregava ao Davi todas as músicas que compunha e sabia que não se encaixariam no som das Lolas. A banda costuma cantar músicas sobre empoderamento, sobre aproveitar a vida ou sobre amor etc. Eu gostava de escrever letras assim, mas também tinha uma veia para músicas mais tristes, sobre momentos difíceis que passamos na vida. Isso surgiu em um dia em que fui sozinha gravar e fiquei inspirada. Davi me viu compor e gostou muita da música. Sabendo que ela nunca se encaixaria, criei um pseudônimo e é ele quem coloca à disposição do mercado cada uma das composições. Surpreenderia qualquer um se, um dia, eu revelasse isso ao mundo.

Quando cheguei ao estúdio, Carla, a recepcionista de Davi, foi quem me atendeu. Ela disse que ele estava dentro da sala de gravação me esperando.

— Ei, você! — chamei ao entrar. Ele tirou os fones de ouvido e se virou para mim. — Desculpe a demora, estava na Barra.

— Ei, Ester! — Davi levantou-se e abraçou-me rapidamente. — Não tem problema. Eu fui fazendo outras coisas por aqui. Como está? Ouvi o que aconteceu, mas achei melhor não ir lá na casa do seu pai. Sabia que você precisava de espaço.

— Eu agradeço. Realmente eu precisava de um tempo para mim mesma. Para ser bem sincera, não fui uma companhia para ninguém. A melhor forma de você me ajudar é transformar todas as letras que eu escrevi em músicas incríveis.

Davi sorriu e me puxou para um segundo abraço. Dessa vez, deixou um beijo no topo da minha cabeça.

— Vamos lá. — Ele se afastou e foi buscar um violão que estava no canto. — Eu tenho a noite inteira livre para você.

Mostrei todas as letras a ele, que perguntou se havia alguma que eu quisesse trabalhar primeiro. Escolhi uma que estava há dias no meu coração e nós trabalhamos nela. Como eu só gravava demos para tentar vender aos artistas, Davi costumava entrar no estúdio comigo enquanto a música era gravada e tocar o violão, enquanto eu cantava a letra. Depois, ele pedia a uma amiga dele que sabia do nosso segredo para gravar uma versão mais limpa da faixa. Assim, minha voz não seria reconhecida nas canções. Para essa faixa, porém, ele escolheu o som do teclado. Ele tinha um em sua mesa e ficou produzindo de lá enquanto entrei na cabine.

DONA DE MIM 63

O segundo look era para uma apresentação no bloco de uma cantora que todas gostávamos muito. Escolhemos homenageá-la e reproduzimos alguns dos figurinos que ela já tinha usado em carnavais anteriores. Escolhi um que ela usou no carnaval de 2011. Era um collant branco de um ombro só, com uma meia arrastão. Havia umas pedras prateadas maravilhosas no tronco da peça e um monte de plumas perfeitas para o carnaval no lado esquerdo da peça. Para completar, uma sandália prateada que era um escândalo.

O último look era o meu favorito, sem dúvidas. Nossa "Festa das Lolas" teria um tema a cada edição e, nessa, decidimos que seríamos as "princesas carnavalescas". Na nossa decisão, princesas dos livros e filmes adaptadas para os dias de folia. Escolhi a princesa Tiana, sem medo de ser feliz, já que ela era a única princesa negra da Disney. Eu usaria um collant também, dessa vez do tom do vestido da princesa, mas adicionamos uma capa de um tecido fino, leve, que era cheio de brilhos maravilhosos. Eu mal poderia esperar para essa festa.

As meninas também capricharam nas princesas escolhidas: Bianca iria de Daenerys Targaryen, de Game Of Thrones, e prometeu platinar o cabelo para ficar mais parecida; Paula decidiu se vestir de Mulher Maravilha, afinal, ela é a princesa das Amazonas; Thainá vai ficar ruiva e adicionar extensões para se parecer com a Ariel; Raíssa escolheu a Bela e a Fera como inspiração.

Por sorte, não seria preciso mais nenhum ajuste nas nossas roupas e nós as retiramos. Estava saindo de lá quando recebi uma ligação inesperada.

— Não acredito que meu produtor favorito está me ligando!

Rindo do outro lado, Davi respondeu:

— Oi, Ester. Como você está? Tem alguém aí com você?

Olhei em volta e vi que não havia nenhuma Lola por perto, apenas pessoas da equipe transitando. Encostei-me à parede para falar com ele.

— Pode falar. Estou me sentindo muito bem hoje, apesar dos pesares. E você?

— Estou produzindo uma artista aqui e precisando de mais algumas faixas para dar a ela como opção. Acho que ela se encaixa muito bem com o seu material. Você tem alguma coisa para mim, por acaso?

— Na verdade, eu tenho um montão de coisas para você...

— Graças a Deus — desabafou.

— Posso dar uma passada aí agora, se você quiser.

— Por favor. Estou te esperando.

Nós nos despedimos e eu fui. Precisaria passar em casa para pegar outro ensaio. Ainda havia músicas que precisávamos melhorar e letras para decorar. Tínhamos decidido colocar algumas dessas canções de carnaval no show de festival e, por isso, montamos coreografias para elas. Havia uma que não conseguimos decorar ainda e precisávamos passar todas usando salto alto. Nossa rotina para aprender uma coreografia costumava ser essa: pés descalços, salto alto, figurino completo. Ainda hoje precisaríamos vestir todas as roupas para ver se haveria algum ajuste final. Eram três figurinos nesse carnaval e um estava mais lindo do que o outro.

Era bom o sentimento de fazer a coisa certa. Passo a passo, eu sentia que retomava o poder sobre mim mesma. Tornava-me mais dona de mim a cada dia. Esperava continuar me sentindo assim.

Quando cheguei ao estúdio, Raíssa era a única presente. Ela ensaiava a música nova com o coreógrafo. Cumprimentei nossa equipe e troquei o sapato que usava pelo salto alto que trouxe. Fui para minha posição e comecei a ensaiar. Quando todas as meninas chegaram, nós pedimos para a banda começar a tocar e cantamos juntos. Com vinte minutos de ensaio, Paula passou mal.

Nós só a vimos passar como uma flecha para o banheiro da sala onde estávamos. Paramos a coreografia e colocamos os microfones em qualquer lugar, seguindo-a. Thainá chegou primeiro e a encontrou em um dos reservados. Quando cheguei, ela já segurava o longo cabelo de Paula para trás. Fizemos uma pausa de 15 minutos até que ela se sentisse bem para ensaiar novamente.

Só que Paula passou mal de novo e de novo. Na segunda vez, ficamos preocupadas novamente. Demos meia hora para que ela se recuperasse. Raíssa pediu para ensaiarmos sem ela, mas não quisemos. Na terceira vez que Paula passou mal, Raíssa pediu que a banda continuasse tocando e ensaiou sozinha. Roger decidiu não forçar mais e cancelou o restante do ensaio. Fomos todas para o vestiário do estúdio e nos trocamos. Ninguém queria provar os figurinos pingando de suor. Ao voltarmos, o local de ensaio estava lotado de araras e todos os homens tinham saído de lá.

O primeiro look era para o festival. Todas nós usaríamos dourado, mas os modelos eram diferentes. O meu era um *cropped* com decote coração com alça e o busto era todo de paetês. Cada um dos figurinos tinha paetê em alguma parte. O de Paula era na alça, de Thainá, na saia inteira, de Bia, na calça e o de Raíssa, no suspensório que ela usava. Meu look era completado por um short de cintura alta com um tecido que o transformava em uma saia esvoaçante.

Décimo Primeiro

Time goes by and I can't control my mind. Don't know what else to try, but you tell me every time: Just keep breathin' and breathin' and breathin' and breathin'.

O tempo voa e eu não consigo controlar minha mente. Não sei mais o que tentar, mas você continua me dizendo: Apenas continue respirando e respirando.
Breathin – Ariana Grande

A doutora Valéria é a minha pessoa favorita nessa vida, está decretado.

Foi apenas a nossa primeira consulta, mas senti algo vindo dela que não tinha sentido com nenhum profissional com quem me consultei em todos esses anos. Uma confiança, uma paz... Sei nem explicar.

Passamos uma hora inteira conversando. Ela começou a consulta com um "no que eu posso te ajudar?" e me deixou bem livre para falar o que eu quisesse. Falei sobre o que aconteceu no Ano Novo, as cenas de que me lembrava. Disse a ela como isso estava atrapalhando a minha vida atualmente. Contei que já tinha passado por uma situação parecida no passado e que tinha sido diagnosticada com Síndrome do Pânico. Ela quis saber se eu ainda tinha os episódios e qual era a frequência. Parei para pensar sobre o assunto e vi que estavam acontecendo menos. Eu andava tendo mais de um por dia, mas tive um ontem, ao voltar para casa depois do ensaio, depois não tive mais nenhum. Ao final, perguntei se teria de voltar aos comprimidos.

— Vamos fazer de tudo para não precisar, okay? O ideal é que você tente agendar o máximo de consultas possíveis agora no começo para que possamos começar a terapia logo e você consiga voltar aos palcos com segurança. Vou acompanhar o seu desenvolvimento e se eu sentir que você precisará de remédios, vamos consultar um médico especializado. Pode ser? Quero trabalhar o seu primeiro trauma e a origem da Síndrome.

Eu seguia dentro do Uber com o coração tranquilo. Liguei para meu pai para contar sobre a consulta, porque ele tinha pedido que eu fizesse isso assim que saísse de lá. Estava a caminho do estúdio novamente para

— Faça o que quiser nessa merda, Raíssa — Bianca disse. — Saia da banda, faça carreira solo, ninguém se importa. Só não mexa com o que é nosso e está tudo certo.

— O que você quer dizer com "nosso"? — questionou.

— Não vamos brigar, gente. Vamos voltar ao ensaio? — Thainá tentou de novo.

— Olhe ao seu redor, querida — falei. — Essa equipe é nossa. Não a use. Não use nossos produtores preferidos. Davi está totalmente fora dos limites para você. De resto, faça o que quiser.

— Okay, okay, pessoal — Roger interviu. — Vamos fazer uma pausa de cinco minutos antes de retornar.

Foi a melhor decisão de Roger. Os ânimos estavam tão exaltados que era capaz de uma voar no pescoço da outra a qualquer momento.

Cada uma foi para um lado. A pausa durou mais de cinco minutos, mas, quando voltamos, fizemos o nosso trabalho. Raíssa era minoria e ninguém estava com vontade de ficar ao seu lado naquela questão.

Não sei se algum dia alguém ficaria ao lado dela novamente.

No carnaval, nós faríamos dois shows de trio e um de festival. No *nosso* trio, o Festa das Lolas, não precisávamos de coreografia, mas havia muita música nova para aprender. No segundo trio, que era de uma cantora muito querida nossa, só faríamos duas músicas, também sem coreografia. O ensaio de dança era mesmo para o show de festival, porque nele nós teríamos corpo de baile e tudo o mais. O tempo que levei para trocar a roupa que vestia por uma mais apropriada foi suficiente para Raíssa chegar.

Não dava para dizer que o clima foi bom. Thainá mostrou a ela as músicas que tínhamos escolhido, mas Paula e eu nem sequer demos uma palavra com ela. Bianca até falou, mas não se estendeu em conversa. Escolhemos passar as coreografias primeiro. Não nos apresentávamos desde a pausa que fizemos antes do Natal. Era muito tempo e precisávamos estar com tudo sincronizado. Ao terminarmos de passar, a banda entrou para fazermos com a música ao vivo. Cantar e dançar não é fácil, mas nós temos o orgulho de não fazer *playback*. Só fazíamos isso em apresentações que os organizadores exigissem. Nossos fãs iam ao nosso show para nos ver cantar suas músicas favoritas, não poderíamos *fingir* que estávamos fazendo isso. É claro que os vocais pecavam um pouco em músicas em que a coreografia era muito difícil, mas dávamos um show que compensava. Nossos ensaios sempre foram muito pesados para que, na nossa pior apresentação, fôssemos nota 7.

— Não, gente, desculpa, mas essa música não dá — Raíssa reclamou. — Essa é a letra mais fraca que já vi na minha vida.

— Rai, é uma música de carnaval — Bianca começou a explicar o motivo para termos escolhido. — As pessoas não estão interessadas na poesia por trás dela. Querem dançar e se divertir. Todo mundo gosta dessa música.

— E várias outras por aí são queridas do público e podem substituir essa.

— Mas não vão substituir porque nós escolhemos essas e vão ficar essas — decretei.

— Bom, eu não fui consultada na hora da escolha, porque teria dito que essa música é uma merda.

— Oh, querida! Vou te dar uma notícia exclusiva, okay? Ninguém se importa mais com a sua opinião! Quer escolher o que vai cantar, faça isso *na porra da sua carreira solo!* — irritada, Paula revidou.

— Ah, então estou liberada para fazer carreira solo? Isso não vai *destruir* a banda mais? — perguntou, irônica.

— Meninas… — Thainá tentou chamar nossa atenção.

todas as despesas de casa. Brendon, o mais novo, foi estudar no Paraná e está apenas começando a carreira, então não contribui mensalmente, mas tenta sempre ajudar.

Mas não era só a questão da ajuda financeira que tinha falado ao meu coração. Era o fato de amarem a mãe a ponto de se esforçarem para retribuir tudo o que ela tinha feito por eles. A gratidão. A boa vontade.

— É aqui? — perguntou ao entrar no condomínio empresarial que indiquei.

— Sim, no bloco 3. Lá eles têm um estúdio de dança com algumas salas acústicas. Estamos alugando um deles para os ensaios do Carnaval. Se você quiser, pode ficar para assistir.

Bruno encostou no bloco três e sorriu para mim.

— Eu gostaria, mas preciso passar em casa antes de voltar para o plantão. Mas agradeço o convite e prometo cobrar numa próxima vez.

Sorri para ele e assenti. Uma vontade súbita de beijá-lo brotou dentro de mim, mas eu me controlei. Estiquei-me e apenas toquei seu rosto com os lábios. Bruno, diferente de mim, segurou meu rosto e virou para que nossas bocas se encontrassem. Se a voz dele fazia coisas comigo, a boca não foi diferente. Senti aquele beijo em cada terminação nervosa que eu tinha.

— Tchau, Ester — disse ao separar os lábios dos meus. — Vou esperar ansioso pelo nosso próximo encontro.

Eu queria soltar alguma frase inteligente ou um flerte, mas não consegui. Meu cérebro estava explodindo. Fiz um sorriso malicioso sair dos meus lábios e pisquei para ele. Era o melhor que eu tinha no momento.

Fui controlando meus sentimentos em todo o caminho até as portas do elevador se abrirem. Roger estava passando no corredor e sorriu ao me ver.

— Viu o passarinho verde? — perguntou, parando ao meu lado.

— Não… — Tentei disfarçar. — Por quê?

— Nada… — Ele arrumou meu cabelo que eu nem sabia que estava bagunçado bem onde Bruno colocou a mão quando beijou. — Faz um tempinho que não vejo esse sorriso bobo na sua cara. Achei que fosse algum passarinho verde.

Eu estava com um sorriso bobo? Coloquei a mão nos lábios, constatando que sim. Isso só fez Roger rir ainda mais.

— Cala a boca. — Apontei o dedo para ele, ameaçando-o.

— Não está mais aqui quem falou. — Ele ergueu as mãos e riu.

Nós dois seguimos nosso caminho para o local onde as Lolas estavam ensaiando. Bia, Thainá e Paula já estavam lá. Nosso coreógrafo também.

Com uma consulta praticamente marcada, nós comemos a sobremesa e fomos embora. O almoço tinha sido ótimo, mas Breno tinha pacientes para atender e eu tinha um ensaio para participar.

— Onde é seu compromisso? — perguntou Bruno, abrindo o Google Maps no celular.

— Na Avenida das Américas. Não precisa de mapa, eu posso mostrar o caminho. — Ele concordou e guardou o aparelho. — Obrigada por hoje — disse, colocando a mão sobre sua coxa. — Você estava certo. Com consulta ao psicólogo ou não, foi ótimo conhecer seu irmão. — Bruno sorriu.

— Um dos, pelo menos. Como foi crescer com mais três garotos?

— Bom, depende para quem você pergunta... — respondeu rindo. — Para minha mãe foi uma loucura cuidar e alimentar quatro brutamontes sozinha. Para nós, foi incrível. Nós nos divertimos muito e fizemos muita merda.

— Acho que sua mãe e meu pai teriam boas histórias para compartilhar. Ele me criou sozinha também.

— Uau! — exclamou. — Fico imaginando como foi...

— Ele se saiu muito bem. A única vez que surtou foi quando eu fiquei mocinha pela primeira vez.

Vi o corpo de Bruno tensionar e o braço se arrepiar.

— Seu pai é um herói, sem dúvidas.

Conversamos sobre nossas infâncias. Falei sobre a minha mãe, sobre ter sido abandonada ainda bebê. Sobre minha infância em Rocha Miranda. Ele, por outro lado, contou que perdeu o pai quando era um garoto, aos oito anos. Entrou para a polícia para que o que tinha acontecido com o pai dele não se repetisse, desde que ele pudesse evitar. Ele foi confundido com um bandido em uma das incursões que a polícia fez na favela em que eles moravam, torturado e exterminado. Com medo, a mãe deles batalhou para tirá-los de lá e os cinco foram morar de aluguel em uma casinha em Realengo.

— A casa era tão pequena que não dava para ficar com raiva do outro por muito tempo. Acabávamos nos entendendo logo depois de qualquer briga — contou.

A união dos cinco era muito bonita. A mãe dele trabalhou muito para sustentar os três e hoje tem problemas nos joelhos, calcanhar, pulso e outras diversas partes do corpo, além de pressão alta. Por isso, os quatro irmãos decidiram que era hora de ela parar de trabalhar. Brian, que é militar, vive mudando de cidade e mora em Goiânia atualmente, mas envia dinheiro todo mês. Breno paga o plano de saúde. Bruno mora com ela e paga

Para me ajudar, o garçom chegou trazendo mais cardápios, o que nos fez mudar de assunto. Pedimos as bebidas e, enquanto ele foi buscar, ficamos escolhendo o que seria. Breno era mais divertido que Bruno, um cara muito alto astral. Enquanto o policial era mais tranquilo, o outro distribuía sorrisos e pegava no pé do irmão. Sempre achei que conhecer a família deveria ser um passo mais adiante em qualquer relacionamento, mas não poderia reclamar.

Só que, em algum momento entre terminar o almoço e a sobremesa, nós tínhamos que falar sobre o que estava acontecendo. Foi logo depois de ele ter perguntado como nos conhecemos.

— Então ela te ligava e não falava nada... Aí você buscou o número que fazia as chamadas para descobrir quem era o dono da linha e viu que era dela — Breno resumiu o que tinha acontecido. — Como tinha presenciado o caso, resolveu continuar atendendo as ligações.

— Esperava que em algum momento ela contasse o que estava acontecendo — Bruno revelou.

— Olha, eu sou muito grata por ele ter feito isso. Muito mesmo. Era o que me fazia focar os pensamentos e diminuía a intensidade dos ataques de pânico.

— Ah, verdade. Bruno me disse que você estava procurando alguém que pudesse ajudar com isso.

— Algo assim — falei, já que eu não estava exatamente "procurando". — Eu já fui a vários psicólogos depois de ter sido diagnosticada com Síndrome do Pânico. No começo, achei que eram apenas casos isolados por ter passado por uma situação traumática, mas acabei desenvolvendo a síndrome.

— Há quantos anos isso aconteceu, Ester? — Breno questionou.

Parei para pensar. Soltei o ar dos pulmões com força ao pensar que já lidava com isso há *muitos* anos. Anos demais para a minha sanidade.

— Há seis anos, acho. Algo assim. Mas era pior no começo, depois de um tempo foi amenizando até que não tive mais. Apenas casos isolados.

— Você foi medicada na época? — Eu assenti. — E não está tomando nenhuma medicação agora?

— Não... Desde que melhorei, não tomei mais nada. E agora... Bom, ainda não encontrei ninguém para me tratar.

— Olha, há uma psicóloga no meu consultório que é especializada em terapia cognitiva comportamental. Ela é ótima e nós atendemos a duas quadras daqui. Se você quiser, posso conseguir um horário para você.

DONA DE MIM

sar sobre o que você está passando? Meu irmão é psicólogo e ele conhece um monte de gente. Eu sei que agora você vai começar a trabalhar com as Lolas, o Carnaval é essa semana. Sei que com isso vai acabar deixando o cuidado consigo mesma de lado. E a gente não quer isso. É importante que você esteja bem mentalmente. Então apressei um pouquinho as coisas. Espero não ter ultrapassado o limite.

Bom, ele quase ultrapassou. Chegou ao limite, mas não foi além. Eu poderia ficar irritada ao extremo com ele por ter apressado as coisas e não ter respeitado o tempo da minha doença e cura, mas ele estava certo. As coisas começariam a voltar com tudo agora e eu só me lembraria de procurar ajuda quando tivesse um ataque de pânico em cima do palco ou algo do tipo.

— Eu disse que uma amiga ia indicar alguém. Como você sabia se eu já tinha falado com essa pessoa ou não?

— Eu não sabia. — Ele deu de ombros. — Mas mesmo se você já tivesse procurado ajuda, iria adorar conhecer meu irmão.

Dito e feito. A recepcionista parou em uma mesa onde uma cópia quase perfeita de Bruno estava tomando um suco. Ele se levantou e os dois se abraçaram brevemente. O irmão era pouquíssimos centímetros mais alto, mas tinha um sorriso tão lindo quanto.

— Você deve ser a Ester. — Estendeu a mão. — Eu sou Breno. Sim, nossos pais nos deram nomes parecidos.

Breno e Bruno, a dupla sertaneja. Apertei a mão dele, rindo da situação.

— Nós também temos o Brian, que é o mais velho, e Brendon, o caçula — Bruno adicionou, em tom de deboche.

— Não acredito que seus pais fizeram isso com vocês — comentei, boquiaberta. — Brendon, Bruno, Breno e Brian?

— Na verdade, Breno é mais novo que eu, então a ordem está invertida, mas sim… Nossos pais nos deram esses nomes.

— Eles são boas pessoas — Breno disse enquanto nos sentávamos. — Mas são péssimos para nomear os filhos.

— Estou extremamente feliz por ser filha única — constatei.

— Suas irmãs seriam Estela, Estefani, Es… — Breno começou.

— …meralda? — Bruno sugeriu, em tom de dúvida.

— E chega. Vocês estão dando nó na minha cabeça.

— Mas nossa geração foi gentil com os filhos — Bruno comentou. — Os filhos do Brendon se chamam Elisa e Gabriel. O moleque do Breno é Artur.

Décimo

Só ouvi dizer que quando arrepia já era. Coisas que eu só entendi quando eu te conheci.
Ouvi dizer – Melim

— Okay, já pode parar a enrolação. Aonde nós estamos indo?

Bruno apenas riu. Desde que me buscou no apartamento em Ipanema, dirigindo o carro que tinha acabado de comprar para substituir o do assalto, eu perguntava aonde iríamos e ele não me respondia. Quando me convidou, disse que me levaria para almoçar, mas não disse o lugar. Ele insistia em desconversar todas as vezes que eu perguntava.

— Almoçar, Ester. Vou levar você para comer em um restaurante.

— Tudo bem, mas qual?

— A comida é boa, eu prometo. — Dei um tapa no seu ombro, que era firme demais, e doeu mais em mim do que nele. — Vai fazer diferença saber se é no restaurante x ou no y?

— A curiosidade é um serzinho que mora dentro de mim, homem. Não a alimente ou ela pode tomar todo o meu corpo e não sobrará nenhuma Ester para contar história.

— Não precisa se preocupar, vai. Vamos chegar em cinco minutos. A curiosidade não terá tempo para tomar você por inteira.

Ele não mentiu. Na esquina seguinte, ele parou. Deixou o carro nas mãos de um manobrista e nós entramos no estabelecimento que tinha uma vista incrível para a Lagoa Rodrigo de Freitas.

— Tudo bem, estou feliz com o seu bom gosto para restaurantes — disse a ele assim que passamos pelas portas de vidro.

— Espero que não me odeie depois de saber que teremos companhia. — Voltou-se então para a recepcionista, que sorriu para nós. — Oi, meu irmão está na mesa... — olhou para o celular — sete. Ele está nos esperando.

— Sim, podem me acompanhar, por favor.

— Vamos almoçar com seu irmão? — perguntei assim que a recepcionista deu as costas para nos levar.

— Vamos. Lembra que eu disse que ia te indicar alguém para conver-

— Sim, por favor. Estou parecendo um adolescente querendo que chegue logo o dia seguinte para ver a namoradinha na escola. E você nem é minha namorada ainda.

— Gosto dos advérbios que você usa, Bruno... Quase, ainda...

— Vai descobrir que sou muito determinado quando quero uma coisa, Ester...

A voz grossa despertou cada pelo do meu corpo. Senti-me arrepiar até onde não sabia que era possível. Fiquei me perguntando como seria quando estivesse em seus braços e ele dissesse isso ao meu ouvido.

— E você quer a mim?

Imediatamente quando as palavras saíram da minha boca, dei-me conta de que não estava sozinha. O motorista do Uber nem disfarçou, olhando-me pelo retrovisor. Pude ouvir a risada de Bruno do outro lado da linha.

— Olha, tem um monte de coisas que eu quero de você, mas é melhor não começarmos essa conversa agora.

— Ah, os advérbios...

Ouvi a risada dele novamente. Bruno suspirou e voltou a falar:

— Não quero parecer apressado nem desrespeitar o seu espaço, só quero ver você de novo.

— Eu também quero. Se pudesse, faria isso agora, mas está tarde... — Suspirei. — Onde você mora, Bruno? Será que moramos perto?

— Não moramos... Eu sou de Realengo. Estou procurando outro lugar para morar, mas por enquanto...

Continuamos conversando até que cheguei em casa. Quando ele soube que eu estava sozinha no Uber, disse para continuarmos nos falando por motivos de segurança. Eu nem me incomodei. Por sorte, Bruno era bom de papo. E já estava ansiosa para vê-lo novamente. Não conseguimos combinar quando seria, porque eu precisava consultar a agenda das Lolas e ele tinha os plantões no trabalho, mas teria que ser em breve.

Bem em breve.

primeiro. — Vocês sabem que com um bebê o meu corpo vai passar por altos e baixos. Não consigo prometer que vou estar cem por cento para me apresentar e sei que vou ter que ficar um bom período longe dos palcos.

— Nisso nós damos um jeito, não é o fim do mundo — Thainá respondeu. — Podemos mudar as coreografias e, com toda certeza, precisamos de férias depois de trabalhar pesado em todos esses anos. Podemos aproveitar esse período para relaxar.

— Se a gente quiser, podemos fazer funcionar — decretei.

Quando todas as Lolas concordaram, nós decidimos seguir em frente. Começamos a discutir o que tínhamos de importante: as músicas para o nosso bloco de carnaval, um nome (Festa das Lolas) e ideias de figurino. Colocamos para tocar no celular cada canção que escolhíamos e que não faziam parte do nosso repertório. Dividimos por cinco. Por mais que queira sair, Raissa tem um contrato, então não vai ser de uma hora para a outra, porque a multa é assustadora. Quando tudo estava decidido, Bia redigiu um e-mail para Roger e todos os presentes na reunião, inclusive a Rai, falando sobre as decisões que "a maioria das Lolas concordou". Ela ainda acrescentou que, caso a dita cuja discordasse de algum dos pontos, deveria submeter sua sugestão a nós quatro.

Ao fim do trabalho, cada uma foi para o seu canto. Normalmente, nós nos reuniríamos ao redor da mesa para jogar conversa fora até que perdêssemos a hora e fôssemos dormir por ali mesmo. Mas dessa vez Paula pediu que Thainá a levasse para casa porque tinha uma consulta no dia seguinte, e eu não fiquei por muito tempo já que Bianca não saía do celular. Levantei-me e fui para a portaria. Pedi o Uber enquanto descia. Uma mensagem de Bruno chegou no meu telefone perguntando quando nos veríamos de novo. Esperei o motorista estar a caminho da minha casa para ligar para ele.

— Ei... — Sua voz soava mansa, tranquila. — Está tudo bem?

— Comigo, sim.

— Ótimo. Como foi o encontro com suas amigas?

Respirei fundo, querendo abrir meu coração e contar tudo.

— Concordamos em não deixar a banda acabar. Não há necessidade para isso. Mas sabemos que não vai ser nada fácil...

— Nunca é — ele comentou. — Lidar com as vontades e expectativas do outro é missão quase impossível.

— Quase! Vamos dar um jeito de fazer isso funcionar e é o mais importante. Agora, respondendo à sua pergunta...

colheres para a sala?

Peguei quatro taças e colheres. Bia levou o brigadeiro e o vinho. Sentei-me no chão da sala ao redor da mesinha de centro. Ela pegou os coletes de futebol no braço e foi em direção ao quarto. As meninas chegaram quando ela voltou.

— Eu sei, sou uma pessoa incrível. Fiz brigadeiro para comermos com vinho. Agora vamos sentar para decidir a nossa vida.

Depois de cinco minutos para sentarmos, pegarmos brigadeiro e servirmos vinho, começamos a conversar. Paula foi a única que passou a bebida, afinal, estava grávida.

— Okay, eu primeiro — ela disse vindo da cozinha com a taça cheia de água. — Sinto muito por ter jogado a bomba da gravidez em vocês daquele jeito. Eu soube ontem e não tinha ideia de quando conseguiria encontrar todas vocês novamente. Fiquei com medo de a Ester ainda não estar bem o suficiente para sair. Sabia que esse era um assunto importante e não queria deixar para depois.

— Já que vocês três foram acusadas de alguma coisa, deixem eu falar aqui — Bianca pediu. — A Raíssa perdeu a cabeça e a razão. Eu entendo o fato de ela querer colocar as coisas dela no mercado, o que a gente descarta da banda, sabe? Mas não assim. Todo mundo sabe o que uma carreira solo faz com qualquer *girlband* ou *boyband*. Ela poderia encontrar outras formas de continuar produzindo nesse período. E se ela tivesse falado com a gente primeiro, poderíamos ter pensado em algo.

— Acho que isso foi o que mais me magoou na história toda — Thainá disse. — Nem foi o fato de ela ter me culpado, sabe? Foi ter jogado a bomba na reunião de trabalho. Se nossa vida pessoal a estava atrapalhando, a primeira coisa que ela deveria fazer era conversar conosco. Não chegar assim.

— Trazer o Tuco para a reunião não soou estranho pra vocês? — Paula perguntou. — Nenhuma de nós tem agente ou qualquer pessoa para nos representar. Parecia que ela sabia o que ia acontecer e já levou o Tuco por isso.

— Eu fiquei me perguntando se deveria ter levado alguém — Bia acrescentou.

— Mas, meninas, acho que o mais importante é decidirmos o que vai ser de nós se a Raíssa quiser mesmo seguir carreira solo — puxei o assunto. — Vamos aceitar que ela leve vida dupla? Vamos continuar com a banda mesmo sem ela?

— Não posso prometer dedicação total às Lolas — Paula respondeu

Nono

And who do you think you are? Running around leaving scars
E quem você pensa que é? Andando por aí, deixando cicatrizes.
Jar of hearts – Christina Perri

O porteiro liberou a minha entrada depois de falar com Bianca e, quando cheguei ao seu andar, a porta estava aberta.

— Bia! — chamei.

— Na cozinha! Deixe a porta aberta, só encosta!

Fiz o que ela pediu e me dirigi para a cozinha do apartamento de Bianca. Eu o conhecia como a palma da minha mão das tantas vezes que o visitei desde que ela se mudou. Ela é carioca também, mas sempre disse que viviam pessoas demais na casa dela. Por isso, logo que teve uma oportunidade, decidiu viver sozinha. Reparei, porém, em um saco grande com umas vinte bolas de futebol encostadas na parede e uma pilha de coletes em cima do sofá.

— Antes que qualquer uma chegue, preciso que você seja sincera — disse ao entrar na cozinha. Bianca mexia brigadeiro no fogão.

— Sinceridade é algo que você sempre vai ter de mim, amiga.

Amiga. Isso era um bom sinal.

— Você está chateada comigo? Por tudo o que aconteceu, por te me fechado? Acha que estou atrasando seu lado?

Bianca bufou e negou com a cabeça. Então apagou o fogo e jogou tudo em um prato.

— Não, de jeito nenhum. A Raíssa é ridícula. Você e Thainá passaram por situações horríveis, não desejo isso a ninguém. Faltou um caminhão de empatia para ela. É claro que eu gostaria de ter estado ao seu lado nesse período e foi uma merda você ter afastado todo mundo no último mês, mas isso nunca seria motivo para eu dar as costas para as Lolas.

O interfone tocou novamente e ela parou para atender.

— Oi, sim. Estou esperando por elas, sim. Pode mandar subir. — Ela desligou. — As meninas vieram juntas. Você me ajuda a levar as taças e

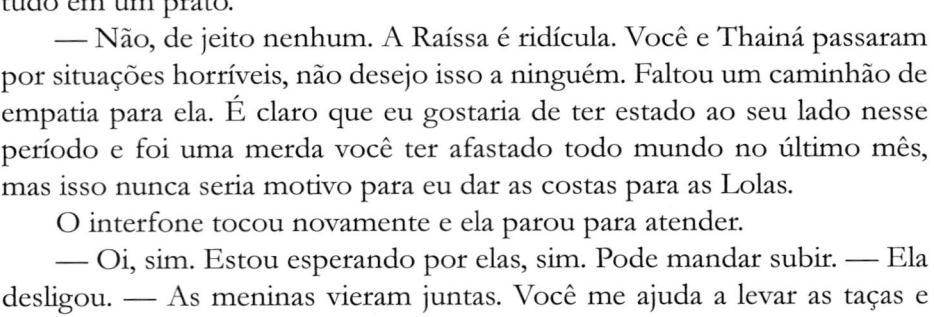

— Sabe que pode continuar me ligando sempre, não sabe? — Eu assenti em resposta, tentando tranquilizá-lo. — E que está me devendo outra saída?

Deixei o sorriso escapar, verdadeiro como só conseguia dar a ele.

— Pagarei com juros e correção monetária, policial.

Foi a vez de ele sorrir e beijar minha mão novamente. No olhar, promessas que cobrarei depois. Enquanto dava as direções para o motorista do Uber dentro do condomínio, Bruno levou minha mão junto da dele para o seu joelho. Tomando liberdade, subo-a para sua coxa e ele passa o braço pelo encosto do meu banco. Durou pouco tempo, porque logo o motorista encostou no prédio dela. Beijei o rosto do Bruno, despedindo-me. O carro esperou apenas que eu entrasse pelas portas de vidro para partir. Segundos depois, recebi uma mensagem no celular. Era dele.

Sim, estou solteiro. Pode dar em cima de mim quanto quiser.

Depois, quando tivermos resolvido nossa situação, é só apagar o grupo, mas a mensagem que eu tinha para passar era realmente urgente. Digitei-a antes que elas estranhassem ou começassem a sair.

> A gente precisa conversar sobre essa banda. Nós quatro. Foda-se a Raissa.

Minha mensagem foi visualizada pelas três imediatamente.

> Bianca: Foda-se, sim. A gente tem que conversar sem essas porras de empresários, só nós quatro.

> Paula: Marquem um horário e local que eu estarei lá.

— Quão chateado você vai ficar se eu encerrar a nossa noite? Eu queria muito resolver isso com elas.

Ele sorriu e apoiou os braços na mesa. Os músculos ficaram marcados na camiseta e me forcei a não deixar a mente vagar por tal caminho tortuoso. Dessa vez, seria de uma forma totalmente diferente da que tinha virado rotina para mim, mas ainda assim.

— Eu vou pedir a conta. Podemos repetir isso aqui quando você quiser.

Deixei que ele resolvesse isso enquanto combinava com as meninas de nos encontrarmos na casa da Bianca. Pensei que a *lingerie* que Letícia escolheu estrategicamente para o caso de eu resolver mostrá-la a Bruno era mesmo um desperdício. Já tinha dito isso a ela, que não tinha interesse em transar com ele. Não *hoje*. Meu plano nesse "encontro" era conversar mesmo. Por mais gostoso que Bruno fosse, não queria estragar essa amizade, porque ele era o responsável por me fazer melhorar. No mínimo por me dar tranquilidade e foco em momentos que minha cabeça parecia me deixar. Ainda não estava pronta para perder isso.

Para continuarmos conversando, resolvemos pegar o mesmo Uber. Não quis dirigir para vir porque não gosto e queria a liberdade de poder beber, mas Bruno disse que ainda estava sem carro desde o assalto. Quando passamos a primeira guarita, ele pegou na minha mão e beijou. Bianca morava em um condomínio enorme, com portarias dentro de portarias. Não precisamos nos identificar na primeira, porque isso só era necessário na segunda, onde eu desceria.

— Não acredito numa coisa dessas, Ester. É horrível da parte dela dizer isso. Como amiga de vocês, mas também como ser humano. Ela não entende de empatia?

— Eu não sei... Ficamos todas revoltadas demais com a situação e fomos embora.

— É, eu ia perguntar isso. Como as outras reagiram?

— Eu sempre confiei nessas meninas com a minha própria vida, Bruno. Pensei que tinha achado as minhas irmãs de alma, mas parece que não. Saímos de lá sem conversar, então não sei como estamos. Acho que todas ficamos um pouco chateadas, mas senti como se tivesse perdido o chão. Ainda estou processando que a banda vai acabar.

Vi Bruno franzir o cenho na mesma hora.

— Você sabe que não precisa ser assim, né? Não é porque a Raissa quer fazer as próprias coisas que ela desistiu de cantar com vocês. E de todo jeito, vocês são cinco. Se uma sair da banda, ficam quatro.

— Bruno, nós temos dois exemplos recentes de bandas como a nossa que terminaram depois da saída de um integrante. Nosso prazo de validade é mais um CD.

— Você está pensando errado. Se vocês terminarem a banda, vai ser porque querem. Posso te dar exemplos de bandas que até hoje estão aí e já trocaram de vocalista. — Quando olhei sem acreditar, ele continuou: — A Banda Eva. Você sabe quantos vocalistas eles tiveram? Ivete Sangalo, Emanuelle Araújo, Saulo Fernandes e Felipe Pezzoni. Sem contar os membros da banda que foram trocados várias vezes. Podem não ter a mesma expressão em todos os períodos, mas são constantes em Salvador. Assim como a Eva, as Lolas são mais do que vocês cinco. São o que vocês representam para as mulheres. São as letras que vocês cantam. Se as meninas quiserem continuar, eu acho que vocês devem.

As palavras dele me desestabilizaram. Principalmente porque ele estava certo. Se a Rai queria sair da banda, o problema era dela. A mensagem que nós passamos para os nossos fãs é muito maior do que qualquer desejo de carreira solo e deve continuar.

— Porra, Bruno, você é solteiro? Porque eu quero te dar um beijo na boca! Você disse tudo! Antes de ficar aqui passando raiva, eu preciso falar com as meninas.

Peguei o celular que estava dentro da bolsa e abri um grupo no WhatsApp com as outras três Lolas. Dei o nome de "URGENTE LOLAS".

O garçom nos interrompeu ao trazer nossos pratos e retirar o que finalizamos.

— Certo, agora me conte... Quais são os planos das Lolas para o Carnaval?

Respirei fundo, sem saber exatamente o que falar sobre isso.

— Foi por isso que te liguei hoje, sabe? Estive tão fora de órbita que não faço ideia dos planos que nós temos. Sei que vamos ter um bloco, que o nome é horrível, mas não sei quando é. Mas, na verdade, acho que a banda vai terminar.

Bruno engasgou com a bebida. Nada grave, mas pude ver que a notícia o assustou. Teria me assustado também se eu não soubesse de todo o contexto.

— Como assim? O que aconteceu?

— Você conhece todas as meninas da banda? — perguntei, antes de começar a jogar nomes sobre ele.

— Desculpa, mas não. Só sei o seu nome e o da Thainá.

Peguei o celular na bolsa e procurei por uma foto nossa na galeria. Mostrei a ele cada uma das meninas e pude ver seu cérebro trabalhando para decorar quem era quem.

— Se você se perder, é só me dizer.

— Acho que não vou. Paula é a que apareceu na delegacia para buscar você. Já vi Bianca correndo na praia da Barra algumas vezes durante as minhas rondas. Quando olhei para ela, sabia que era famosa, mas não lembrava de onde a conhecia. E a que sobrou é a Raíssa. Manda, qual delas quer fazer carreira solo e destruir a *girlband*?

Estranhei, porque não me lembrava de dizer a ele o motivo, mas respondi:

— A Raíssa. Disse que quer colaborar com outros artistas e gravar o material que ela escreveu, mas que não serve para a banda.

— Espera, eu estava brincando sobre a carreira solo porque isso é o que destrói boa parte das bandas. É sério?

Respirei fundo, acenando.

— Achei até que já tinha dito e você se lembrou. Infelizmente, ela veio com essa história para cima de nós, mas isso não foi o pior. Ela meio que colocou a culpa de as Lolas não estarem tão ativas, na Thainá, por conta do período em que ela se afastou para lidar com o ex, e em mim, por ter ficado fora de órbita no último mês.

Durante minha última frase, Bruno parou boquiaberto com o garfo a meio caminho da boca. Calmamente, ele colocou o talher no lugar e recostou na cadeira, ainda olhando para mim, perplexo.

DONA DE MIM

balho para prestar queixa contra o ex-namorado. Naquele dia em que tudo aconteceu, eu tinha um convite para a festa que vocês estavam dando, mas fiquei até tarde de serviço e resolvi dar só uma passada lá. Nunca tinha sido convidado para uma festa de gente famosa e não pretendia desperdiçar.

— Sério? — perguntei, ainda achando tudo muito curioso. — Foi por isso que você me encontrou naquele dia?

Ele estava mastigando, mas sorriu e acenou com a cabeça. Esperei pacientemente até que terminasse, já que estava no final da sua entrada. Vi um garçom se agitando enquanto nos olhava. Provavelmente pensando se poderia trazer o prato principal. Voltei a comer para terminar logo.

— Eu acho que era uma daquelas situações em que estamos no lugar certo na hora certa. Quando te vi lá, sabia que algo estava errado, porque você tremia demais.

Respirei fundo, sabendo que era a hora de ele saber toda a verdade.

— Bruno, essa não é a primeira vez que sou testemunha de um crime. Não gosto de falar sobre isso, mas você tem direito de saber depois de tudo. Na época, foi muito difícil para mim porque a pessoa que vi morrer na minha frente era alguém muito querido. Passei meses indo de psicólogo a psicólogo e fui diagnosticada com um caso de Síndrome do Pânico, mas nenhum deles resolveu o meu problema. No fim, o tempo me ajudou a melhorar, aprendi a controlar, mas acho que não me recuperei totalmente e o que aconteceu é prova disso.

— Você sabe que existem muitos motivos para não ter dado certo com um psicólogo, né? Não é que todos eles sejam um problema.

— Eu sei… Só não acho que tenho disposição para passar por tudo aquilo de novo. Talvez minha determinação seja suficiente para ficar boa dessa vez.

— É, mas talvez apenas até a próxima situação que te desperte a memória do trauma. Ester, você não pode viver assim para sempre.

— Não posso, sei disso. Uma amiga vai me sugerir alguém de confiança e vou tentar, mas se não der certo, não vou tentar com outra pessoa. Eu vou ter que me bastar.

— Okay. Se não der certo com o da sua amiga, você vai em um que vou sugerir, tudo bem? Depois desses dois, deixo você desistir.

Ri por dentro, porque achei fofo. Ele "me deixar desistir"? Esse *boy* não sabe de nada.

— Tudo bem. Se o dela não der certo, você pode me sugerir um.

— Sim, felizmente. — Um pequeno sorriso escapou dos meus lábios sem que eu percebesse.

— Não precisa se preocupar comigo, de verdade. Essas coisas acontecem todos os dias e só sou grato por Deus ter me permitido continuar vivendo.

— Eu não sei o que faria se a minha carreira me colocasse em constante perigo como a sua.

— Hoje isso não me incomoda. Eu sei que é perigoso, mas se algo me acontecer não tenho nada que me prenda de verdade. Minha família vai ficar bem. Daqui a alguns anos, se eu tiver filhos, mulher... Isso provavelmente vai mudar, mas hoje não. — Seu rosto estava sério ao dizer tais palavras. — Hoje só quero fazer o meu trabalho da melhor forma possível para levar tranquilidade às pessoas.

— E você pensa em fazer alguma coisa para mudar isso? — perguntei, interessada em saber mais sobre ele.

— Sim, no momento sou investigador e, por ser da Polícia Civil, estou menos exposto do que um militar, mas quero algo mais administrativo. Estou terminando a faculdade aos poucos e quero tentar uma vaga de perito ou algo assim. — Ele tomou mais um gole do suco de maracujá que pediu. — Se não der certo como perito, vou tentar para escrivão, mas coletar provas é mais a minha cara.

— Achei que você queria continuar sendo detetive e subir para delegado. — Ele sorriu de lado. — Quer dizer, não sei se o nome é detetive mesmo. Sei praticamente nada sobre cargos na polícia. — Foi hora de ele rir abertamente.

— Eu te entendo. Também não sei muito sobre o dia a dia de uma banda. A Polícia Civil, onde eu sirvo, é onde as investigações acontecem. Geralmente, o nome do cargo é investigador. Apenas em alguns locais eles chamam de detetive.

— As outras polícias não investigam crimes? Apenas a Civil?

— A Militar não, apenas em crimes militares. A federal faz, sim, mas eles são chamados de agentes. As investigações da PF são para crimes de âmbito nacional. As locais são da Polícia Civil.

— Então foi por isso que me levaram para a delegacia da Polícia Civil naquele dia?

— Sim... Não sei se você sabe, mas conheço a sua amiga Thainá. — Meus olhos se arregalaram involuntariamente tentando entender como isso pode ter acontecido e ele continuou: — Ela foi na delegacia onde tra-

Dona de Mim

43

— Meu compromisso foi um fiasco e não quero importunar você com falatório sobre esse assunto.

— Bom, você pode ficar tranquila para falar sobre o que quiser comigo. Estamos aqui para conversar, não é mesmo?

— Eu fiz uma lista mental de todas as coisas que quero conversar com você e acredito que vamos passar dois dias inteiros falando sem parar. — Sentei-me mais para frente e apoiei a mão no queixo, olhando diretamente para ele. — É estranho, considerando que nos conhecemos tão pouco?

— Para algumas pessoas, talvez. Para nós, não. Eu não sei explicar o que aconteceu, Ester. Acho que você criou uma conexão comigo, algo assim. Do mesmo jeito que eu criei com você e não conseguia desligar o telefone toda vez que me ligava. Que torcia para que aquela não fosse a última ligação, porque tinha medo de não saber como você estava. Ou acordar de manhã com a notícia no jornal de que algo ruim tinha te acontecido. Na polícia nós vemos tragédias todos os dias. Não queria que fosse mais um número da estatística.

O garçom voltou com a entrada que pedimos e nossas bebidas. Rezei para a comida não grudar no meu dente, porque queria continuar conversando.

— Que bom que você pensa assim, porque não queria que me achasse maluca.

— Eu não acho. Por mim, vamos apenas aceitar que criamos uma conexão e não precisamos justificar nada para ninguém. Como você está, Ester? Isso é algo que quero perguntar faz tempo.

— Eu? Não... Primeiro você, Bruno. Ficou tudo bem depois daquele dia?

Bruno ainda estava mastigando quando perguntei. Peguei um pouco da salada e comi para esperar por ele.

— Sim, ficou — respondeu quando terminou de mastigar. — Obrigado pelo que fez naquele dia, de verdade. Eu sou policial, estou aqui para cuidar das pessoas, mas é difícil estar nesse tipo de situação. Sabemos que criminosos no Rio de Janeiro hoje agem com covardia. Estava nervoso, pedindo a Deus que os levassem embora com o carro sem se darem conta da minha profissão. Além de acontecer o pior, não queria que as pessoas nos carros ao redor corressem risco.

— Eu entendo totalmente, Bruno. As notícias desse tipo de crime são diárias e a maioria acaba tragicamente. Quando vi você, só conseguia pensar nisso também.

— Felizmente, nada aconteceu.

OITAVO

I see you're focused, yeah, you're so independent. It's hard for me to open up, I'll admit it. You've got some shit to say and I'm here to listen. So baby, tell me where your love lies, waste the day and spend the night.

Eu vejo que você está focada, sim, você é muito independente. É difícil eu me abrir, admito. Você tem coisas a dizer e eu estou aqui para ouvir. Então baby, diga-me onde o amor mora, passa o dia e dorme à noite.

Love lies – Khalid e Normani

Eu tinha esquecido que o motivo do meu sorriso bobo media mais de 1,80m, ostentava um sorriso safado e braços do tamanho da minha perna. Mais fortes, talvez. Lembrei disso no momento assim que entrei no Paris 6 e ele se levantou para me cumprimentar.

Vestia jeans e uma blusa preta de manga comprida e gola V. Tocou meu braço de leve e deixou um beijo no meu rosto. O cheiro... Ah, como era bom estar perto de homem cheiroso.

Bruno se sentou na cadeira e deixou o sofá confortável para mim, o que já somou pontos para ele. O garçom perguntou se já estávamos prontos para pedir.

— Estou, se você estiver. Aqui eu sempre sei o que pedir, afinal, tenho um prato com meu nome — respondi, enquanto colocava o telefone no silencioso e guardava dentro da bolsa.

Paris 6 é um restaurante engraçado, que coloca o nome de famosos nos pratos e estampa quadros com o rosto dessas pessoas. Quando o convite surgiu para as Lolas, nós nos divertimos e aceitamos. Bruno fez o pedido, e confesso que me desconcentrei um pouco, encarando o desenho do rosto dele. A forma como seus lábios se moviam enquanto fazia o pedido também foi alvo do meu escrutínio.

— Não vou mentir... — disse, chamando minha atenção quando o garçom se retirou. — Fiquei feliz por seu compromisso ter sido tão rápido, apesar de ter ficado curioso a respeito.

DONA DE MIM

41

— Amiga… Você não acha que falar com alguém sobre isso vai ajudar?

— Você diz… Um profissional? — Ela concordou. — Eu não sei, Let. Isso nunca me ajudou de verdade.

— Ester, tem que ver quais eram as circunstâncias. Você confiava na pessoa para se abrir? Sabia se ela era a pessoa certa para te ouvir? Você ia no terapeuta ou no psicólogo?

— Fui a todo tipo. Terapeutas, psicólogos, alguns deles especialistas em Síndrome do Pânico, mas acho que não eram a pessoa certa. Só que passei por tantos que cansei de procurar um que desse jeito.

— Seria bom, amiga. Eu posso perguntar e te ajudar a achar alguém, que tal?

— Ai, obrigada. Eu sei que vou ficar bem, mas não estou mais disposta a esperar. Não quando as pessoas estão seguindo em frente e me deixando para trás.

— Olha, a Raíssa… — Letícia exalou, mostrando que não estava satisfeita. Ainda estávamos na Barra depois de sair do escritório da gravadora. Olhei para os carros e o movimento como um exercício para manter-me ligada enquanto minha amiga falava: — Foi uma babaquice sem tamanho o que ela fez. Se ela quer deixar de ser uma Lola, tudo bem, mas tentar se justificar usando o que você e Thainá passaram? Eu teria virado a mão no meio da cara dela.

— Obrigada por não ter feito isso, Let, mesmo que essa também tenha sido minha vontade, lá no fundo. Mas quero seguir em frente não só pela criancice da Raíssa, sabe? A vida seguiu, as pessoas decidiram as coisas e eu estive só existindo. Não pude dar opinião. Não falava. Estava com tanto medo de algo que não sei o que é, que me fechei em um mundo só meu.

— É, amiga… — ela disse, virando em uma avenida no caminho para me deixar na casa do meu pai, lá em Magé. — Eu achei que você nunca conseguiria sair de lá. Na verdade, achei que seria preciso alguém para que você saísse dessa e, pelo seu sorriso bobo quando entrou no carro, acho que encontrou, né?

— Let… — comecei, tomando uma decisão. — Você me leva para casa em vez de me deixar em Magé?

— Levo. E nós vamos discutir essa mudança de planos, mas saiba que não vou desistir de falar sobre o motivo do seu sorriso bobo.

viesse. Entramos as três. Bianca veio quando as portas se abriram e fizemos o caminho até o térreo em absoluto silêncio. Não consegui olhar para as meninas, porque tive medo do que veria nos olhos delas. Apesar do que aconteceu, não quero ver as Lolas irem realmente pelo caminho da separação. Queria que essa banda durasse por todos os dias da minha carreira, mas não se as outras meninas não quisessem. Não queria que nossa amizade se tornasse um compromisso na agenda.

— Eu vou mandar as minhas sugestões de música por e-mail — Bianca disse quando o elevador apitou no nosso andar. — CarnaLolas é um nome de merda, vamos pensar em outra coisa. — Ela saiu e, sem nos falarmos, seguimos nossos caminhos.

Quem estava dirigindo era Letícia. Enquanto ela ligava o carro, peguei o celular para falar com Bruno. Tinha uma mensagem dele no meu WhatsApp. Era um emoji sorrindo.

> Consegui me liberar aqui na reunião. Depois me diz onde devo encontrar você.

A mensagem foi visualizada na hora e ele já começou a digitar uma resposta.

> Você pode sair para os lugares ou costuma ser seguida por paparazzi?

Não consegui conter um pequeno risinho. As coisas não são assim, Bruno.

> Não, eles não costumam me seguir. Apenas se eu estiver envolvida em um escândalo no momento. Eles às vezes me fotografam se esbarram comigo, mas eu saio normalmente.

> Ótimo. Você mora na Zona Sul, né? O que você acha de irmos ao Paris 6?

Combinamos um horário. Quando guardei o celular, Letícia estava me olhando.

— Ok, devemos começar pelo segredo que você está me escondendo ou pelo fiasco que foi a reunião?

Retome o controle da sua vida, Ester. Você precisa falar com as pessoas se quiser isso.

— Let, isso é difícil. Estou me esforçando para falar sobre as coisas que estão acontecendo comigo, porque esse é um período delicado.

One Direction: quero fazer minhas próprias coisas. E Nick Jonas antes de terminar os Jonas Brothers: divergências musicais. Vá se foder! Todo mundo sabe o que carreira solo significa para uma banda. Pergunta para os músicos do Exaltasamba se foi legal quando o Thiaguinho resolveu sair do grupo.

— E vocês esperam que eu fique para sempre sentada esperando a boa-vontade de vocês quatro trabalharem? — Levantou a voz. — Thainá teve um problema com aquele babaca depois de tanto tempo mentindo para nós e tivemos que parar. — Meu olhar voou na direção de Thai e pude ver seu rosto se enrugar, sem acreditar que tal assunto estava sendo citado. Nem eu acreditei. — Ester ficou um mês trancada dentro de casa e só agora falou mais do que em todo esse tempo. — Apertei a mesa com força. — Não falava com ninguém, não reagia. Eu estive aqui todo esse tempo esperando a boa-vontade das mocinhas.

— Filha da puta! — Deixei escapar ainda embasbacada de ter ouvido o que ouvi.

Não acreditava que ela teria a audácia de colocar Thainá e eu como culpadas! Fomos vítimas! Vítimas! Queria ver se ela estivesse no nosso lugar...

Percebi que estava perdendo parte da reunião quando vi os lábios da Bianca se moverem, mas não compreendi o que disse. Forcei-me a prestar atenção e escutei o que Rai respondeu:

— Agora, Paula anuncia que vai ter um bebê, não explica direito, mas todas sabemos que a gravidez vai afastar a gente dos palcos. A próxima é a Bianca. E aí, Bia, o que você tem para nos contar? O que você vai fazer para nos afastar da música? Poxa, não briguem comigo por querer *fazer alguma coisa* da minha vida.

— Foda-se, não estou aqui para ser colocada como responsável pelo fim da banda porque eu vou ter um bebê! — Paula se levantou e pegou as coisas para sair.

— Nem eu vou ficar aqui ouvindo julgamentos por estar superando uma porra de um trauma. Preste atenção nas merdas que você está falando, Raíssa. Ferindo suas melhores amigas desse jeito, você vai ser *expulsa* da banda. Aí uma carreira solo vai ser a sua única opção.

Levantei-me, peguei minha bolsa e fiz sinal para que Letícia me acompanhasse. Chega. Chega!

Você vai retomar as rédeas da sua vida, Ester, e vai ser agora!

Quando chegamos ao elevador, Paula já estava lá, esperando que ele

Thainá escondeu de nós que era abusada pelo babaca do ex. Tudo bem que era uma situação delicada, mas sempre imaginei que se passasse por algo assim, era com as Lolas que eu iria conversar.

Tudo bem, escondi-me na casa do meu pai no último mês, mas não conseguia falar com *ninguém*, me abrir com *ninguém*. Isso não pode ser levado em consideração no debate.

Paula estava grávida e nos contou isso em uma reunião de negócios. Escondeu de nós, suas amigas. Acho que se eu estivesse esperando um bebê, no minuto que suspeitasse, mandaria um áudio para o grupo das Lolas.

Depois, Raíssa disse que queria fazer suas próprias coisas. Projetos paralelos, que são sinônimos de largar a banda. Para bom entendedor, meia palavra basta.

— Porra nenhuma! — Paula se levantou de súbito. — Não vem com esse papinho de projetos paralelos, Rai. Todo mundo sabe o que isso significa em uma *girlband*.

— O quê? Como assim? Eu só quero ter o que fazer enquanto vocês não estão disponíveis para trabalhar, Paula. Principalmente agora que sei que você vai precisar se afastar por causa do bebê.

— Ah, não. Não vem com essa, Raíssa — Paula continuou e começou a se mover, saindo de perto da mesa. — Você já ia falar sobre isso antes mesmo de eu dar a notícia do bebê. Não coloque essa responsabilidade em mim.

— Gente, eu só quero gravar umas músicas. Não quero acabar com as Lolas.

— Você pode ir se foder se acha que a gente vai aceitar isso, Rai — Bia disse do lugar onde estava. A expressão no seu rosto mostrou que estava chateada com toda a situação.

Olhei para os outros membros dessa reunião, mas ninguém se atreveu a dizer alguma coisa. Era um problema das Lolas, as Lolas precisavam resolver sozinhas. Não era a nossa primeira briga, mas certamente a mais séria. E todos os que trabalhavam conosco entendiam isso. Quando as Lolas estavam resolvendo seus assuntos, era algo só delas. E que ninguém ousasse se intrometer.

— Mas, gente! Eu não estou entendendo!

— Então escuta o que vou falar, Raíssa — Bianca começou, sem controlar a raiva na voz. — Essa foi a mesma conversa que a Camila Cabello teve antes de sair do Fifth Harmony: quero gravar as músicas que escrevo e não servem para a banda. A mesma que o Zayn teve antes de sair do

o assunto.

Então foi a vez de Raíssa, e aí, sim, a coisa toda desandou.

— Bom, o que tenho a dizer não é sobre nenhuma gravidez. — Diferente de Paula, que buscava forças nos olhos de cada uma de nós, Raíssa não encarava ninguém. Permaneceu sentada, encarando as mãos. — É algo que venho pensando desde que Thainá precisou se afastar da banda e passei tempo demais olhando para o teto. Tudo isso foi se desenvolvendo na minha cabeça, milhares de ideias, e eu meio que sinto que essa é a hora de encarar isso.

Ela olhou para cima pela primeira vez e encarou James Rodrigues, executivo-júnior da gravadora. Ele é colombiano e não gostava que pronunciássemos seu nome com o sotaque inglês. Insiste que chamemos de "rames", com r. Como o jogador de futebol, James Rodrigues, aquele gato. Foi para o nosso James que ela disse as próximas palavras:

— Quero fazer coisas por conta própria. — Fez uma pausa e toda a sala permaneceu em silêncio. — Sem atrapalhar as Lolas, é claro, quero gravar com outros artistas e aproveitar algumas das músicas que escrevo e nunca se encaixam no perfil da banda. Agora com esse anúncio da Paula, sei que vamos pegar mais leve, então terei mais tempo para seguir com esses projetos paralelos sem atrapalhar ninguém.

O silêncio permaneceu por alguns minutos. Longos minutos. O executivo foi o primeiro a falar:

— Vai ser uma honra para nós da gravadora ajudarmos você nesse novo...

Thainá deu dois tapas fortes na mesa e cortou qualquer coisa que ele pudesse dizer em seguida.

— Você está dizendo que quer fazer um projeto solo, Rai? Sem a gente?

A calmaria na voz da Thainá era algo que você não esperaria de outra Lola, apenas dela mesma. Ela é a única capaz de falar com tanta calma diante de tal situação. Apesar disso, dava para sentir o frio ártico em cada uma das sílabas.

— Sim — respondeu, a voz trêmula. — Enquanto vocês estão ocupadas com outras coisas, eu gostaria de fazer meus próprios projetos.

Todos os meus poros se encheram de um sentimento que não consegui identificar. Não era raiva, era decepção. Não conseguia acreditar que isso estava acontecendo conosco, com a nossa banda. Estivemos juntas em cada minuto da nossa carreira desde que fomos colocadas juntas naquele *reality show* e era estranho ver tudo dando errado.

Sétimo

Why do I even try? Give me a reason why. I thought that I could trust you, never mind. Why all the switching sides? Where do I draw the line? I guess I'm too naive to read the signs.

Por que eu ainda tento? Me dê um motivo para isso. Achei que podia confiar em você, mas deixa pra lá. Por que estamos virando uma contra a outra? Onde eu traço os limites? Acho que sou ingênua demais para perceber os sinais.
Real Friends – Camila Cabello

Bastou que Paula anunciasse que estava grávida para que a reunião fosse ladeira abaixo.

— São apenas quatro semanas, mas precisava dar essa notícia a vocês porque sei que isso vai me afetar nos próximos oito meses e, consequentemente, afetar a banda. Não seria justo adiar para falar a respeito.

Oito meses. Se ainda faltam oito meses, ela está grávida de um mês. Pelo meu pequeno conhecimento a respeito de gravidezes, não é normal a mulher perceber mudanças suficientes no corpo para suspeitar de uma gravidez. Em milésimos de segundo, coisas passam pela minha mente.

A gravidez foi programada.

Ela esperava ficar grávida porque a camisinha estourou.

Há um mês foi nossa festa de Ano Novo. Com quem ela estava saindo na época?

Por que falou sobre o assunto aqui, em uma reunião de negócios, em vez de falar conosco primeiro? As cinco Lolas, que são amigas, quase irmãs.

Não deixei que minha mente se perdesse novamente, voltei para o assunto que estava sendo discutido. Sinceramente, o anúncio de Paula não foi o pior da tarde. Ela não se prolongou no assunto. Disse que estava acompanhando no médico, tudo direitinho, que era uma gravidez de quatro semanas e que não queria falar sobre os detalhes. Dei a ela um olhar que dizia "vamos conversar sobre isso mais tarde" e esperava que ela tivesse entendido, porque definitivamente teríamos uma conversa privada sobre

DONA DE MIM

por telefone.

Nós nos despedimos e eu segui Mônica. Sempre gostei dela, pois é discreta, mas eficiente. Na sala, estavam todos realmente me esperando.

— Bom, agora que Ester se juntou a nós, vamos voltar — Roger começou. — Enquanto estávamos fora, Paula e Raíssa disseram que precisam fazer anúncios antes de decidirmos nossos próximos meses. Quem começa?

— Paula pode ir primeiro — Raíssa disse no mesmo momento.

Olhei para ela, que deu um pequeno sorriso nervoso. Alguma coisa estava errada. Percebi porque vi que estava segurando a caneta na mão direita. Raíssa é canhota. O papel à sua frente estava em branco, mas a caneta destampada. A tampa, por sinal, estava toda mordida. Sinais claros do seu nervosismo.

Além disso, Raíssa trouxe Tuco, um dos assistente do pai dela, para a reunião. Antes das Lolas, era ele quem cuidava das coisas da carreira da Rai. Ele só vinha para as reuniões quando ela não estava satisfeita com os rumos da própria carreira.

— Tudo bem… — Paula ficou de pé e encarei suas mãos, que tocavam de leve a mesa. Estavam trêmulas. O que estava acontecendo com essa banda hoje? Uma liga para um conhecido depois de ter uma crise, a outra destrói a tampa da caneta, a terceira fica com as mãos tremendo… — Agora que as coisas com a Thai já estão encaminhadas e que a Ester está de volta, eu tenho uma notícia para dar. — Ela fez uma pausa dramática e olhou para todos nós na mesa. Pude ver sua confiança fraquejar apenas pelo olhar. *O que está acontecendo, amiga?* — Eu estou grávida.

mas as palavras de Bruno eram mais importantes. Sentia-me como uma viciada que não poderia ser colocada longe do motivo do seu vício.

Sei o que Bia queria. Deveria estar na hora de voltar. Fiz sinal de que estava a caminho, mas concentrei-me apenas nas palavras dele.

Não fui capaz de desligar a ligação.

— Bruno, eu queria tanto ficar aqui conversando, principalmente considerando que agora estou conseguindo me comunicar com você, mas...

— Oh, você disse que estava trabalhando, não?

— É, tenho uma reunião. — Respirei fundo. — Mas não estava conseguindo me concentrar.

— Acha que agora consegue? — perguntou gentilmente.

— Eu quero, de verdade. Tanta coisa está acontecendo na banda e não quero ficar de fora. Mas acho que precisava falar com você antes para tirar as dúvidas da minha mente.

— Acha que podemos conversar em outra hora?

— Eu adoraria — disse sorrindo, mesmo que ele não pudesse ver do outro lado.

— Quando quiser. Você me liga?

Olhei para a porta que se abriu novamente. Dessa vez era Mônica, uma das assistentes de Roger. Ela parou lá e não saiu. Sei que não desistiria até que eu seguisse.

— E se a gente se encontrasse?

Não sei de onde tirei coragem para dizer isso. Não queria sair com as pessoas. Ultimamente só falava com meu pai e Letícia. Nem tanto com Letícia, mas era com ela que conseguia me abrir mais. Até mesmo Natália estava sendo negligenciada na amizade. Aí escolhi livremente marcar um encontro com Bruno?

Não que fosse um encontro romântico, nada disso. Esperava que ele não entendesse assim. É só... Não sei explicar.

— Claro, por mim tudo bem. Estou trabalhando até as 17h hoje. Acha que podemos jantar? Seria bom conversarmos frente a frente.

— Hum... — Queria aceitar de primeira, mas não sei se estaria livre, então não queria prometer. — Pode ser que eu não esteja livre para jantar hoje, não sei. Estamos preparando o nosso carnaval e ainda tem muita coisa atrasada.

— Tudo bem. Eu janto tarde. Quando estiver livre, me liga. Se conseguirmos combinar algo, ótimo; se não, podemos só terminar essa conversa

— Desculpe se te enchi com assuntos aleatórios, mas fico feliz de saber que isso ajudou. Vejo que está bem melhor já que hoje conseguiu falar comigo… — Deixou no ar e espantei-me com a facilidade com que uma resposta fluiu de mim.

— Aí que *tá*, Bruno. Posso chamar de Bruno, né?

Ainda falava rápido, quase atropelando as palavras. Senti minha mão, a que segurava o celular, tremer, então abracei meu corpo, deixando ambos os braços rentes a mim. Sentia que não deixaria o telefone cair dessa forma.

— Claro. Fica à vontade — ele respondeu imediatamente.

— Bruno. Eu não estou melhor. Estava dentro de uma crise muito louca que me atrapalhou no trabalho. E não queria ligar para você porque realmente não sabia o que dizer. Sempre achei que minhas ligações eram anônimas, não imaginava que você soubesse que era eu, então não sabia o que dizer para você agora.

Ouvi o som da sua respiração sair de uma só vez, a frustração evidente.

Da minha parte, não conseguia interpretar meus próprios sentimentos. Concentrei-me ainda mais no que ele tinha a dizer na esperança de voltar a pensar com clareza.

— Desculpe-me por isso, Ester. Achei que dizendo a você que eu sabia quem estava do outro lado da linha tornaria as coisas mais fáceis. Daria a você a confiança de que podia continuar ligando, que eu estaria aqui até que você melhorasse. Pelo jeito, isso a assustou e atrapalhou. Não foi a intenção…

— Bruno, não… — eu o interrompi. — Você não tem culpa de nada! Fez tudo o que poderia ajudar nas minhas crises. Principalmente sem saber o que estava acontecendo comigo. Não sabe como sou grata a você. Qualquer outra pessoa teria desligado o telefone na minha cara, mas você ficou comigo uma e outra vez. Você é… Eu nem sei o que dizer a você que não seja "muito obrigada".

— Bom, Ester… — Ele fez silêncio e esperei, ouvindo sua respiração enquanto ele organizava os pensamentos. Senti meu coração voltar a bater normalmente. — Estou feliz demais por você. De verdade. Da mulher que encontrei naquele dia para a que hoje fala comigo abertamente sobre os seus problemas, consigo ver o tanto que avançou…

Houve uma batida na porta. Vi o que acontecia, mas não consegui me desligar da voz de Bruno. Meu cérebro agiu como se ele fosse a pessoa mais importante do mundo inteiro, e, provavelmente, era. Quando falava, nada mais importava. Vi Bianca colocar metade do corpo dentro da sala,

— Alô! — Ele atendeu no terceiro toque.

Não demorei a responder pela primeira vez desde que nos conhecemos.

— Tudo bem, você sabe. Eu me segurei para não te ligar esses dias porque não sabia como reagir a isso, mas preciso de você de novo. Preciso ouvir a sua voz.

Sei que soei como uma metralhadora, mas foi difícil parar a mim mesma no momento. Um turbilhão de informações povoavam a minha mente e fluíam diretamente para os meus lábios. Coisas que queria dizer a ele, sentimentos para demonstrar, perguntas a fazer.

— Okay, você está falando. — Ouvi uma porta bater. Sua voz tinha um leve tom de surpresa. — Vamos conversar.

Entendi que Bruno deveria ter se assustado um pouco. Todo esse tempo ele falava e eu só ouvia. Dessa vez, não dei nem meio segundo, mal esperei que ele dissesse alô.

É que podia sentir todo o meu corpo tremer e uma ansiedade diferente me dominar. Era como se eu mal pudesse esperar para dizer tudo a ele. Tudo o que tinha guardado esse tempo inteiro.

— Eu me perco dentro da minha cabeça — disparei, sem deixar que meu cérebro travasse novamente. Tentei me explicar para que ele entendesse o que aconteceu comigo. — Desde que aconteceu o que aconteceu, tenho ataques de pânico frequentes. Não é a primeira vez que isso acontece. Eu me perco dentro de mim mesma e esqueço do que está acontecendo. A sua voz é uma das poucas coisas que consegue me trazer de volta para a realidade. Parece que quando ouço você falar, todo o meu cérebro se organiza e consigo pensar em uma coisa de cada vez, sem atropelar tudo. É por isso que te ligava tantas vezes. Quando estava no meio de uma crise, ouvir sua voz me ajudava. Eu não conseguia falar nada, minha garganta travava, então, me desculpe por ter ficado calada todo esse tempo.

Fiz uma pausa. Ouvi minha respiração desregulada e percebi, pela primeira vez, há quanto tempo eu guardava esses sentimentos e precisava dividir com alguém. Ele deixou o silêncio se instalar antes de dizer algo. Parecia que estava esperando eu me decidir se queria falar mais ou não.

Bom, eu queria, mas não agora. Primeiro, precisava acalmar minha pulsação, os batimentos frenéticos do meu coração.

— Ester, eu não sabia o quê, mas tinha consciência de que falar te ajudava de alguma forma. — Ouvi as palavras saírem de sua boca como uma melodia perfeita. Aquela que meu corpo precisava ouvir para relaxar.

Dona de Mim

Ê, merda. Será que escolhemos as músicas?

— As meninas falaram de figurino, Roger trouxe o itinerário do trio. A gravadora trouxe uma lista de músicas e vocês concordaram em analisar depois dessa pausa.

Vi Letícia olhar para alguém atrás de mim e dois segundos depois senti um braço passar pelos meus ombros. Era Raissa.

— Sinto muito atrapalhar a conversa das meninas. A gente pode falar sobre esse nome que eles querem dar para o nosso trio elétrico? Mano, quando foi que a gente aceitou que CarnaLolas era uma boa?

É, realmente o nome era uma merda.

Percebi então o tanto que eu estava me perdendo dentro do meu próprio cérebro. Tinha captado tudo o que minha amiga disse, mas só porque me esforcei muito. Durante a reunião isso tinha sido impossível.

Eu poderia trazer Letícia para as minhas reuniões, mas quem tinha que brigar pelo que quero sou eu. Minha amiga era apenas uma ouvinte, que me informaria o que tinha acontecido e daria sua opinião. Se não me manifestasse mostrando o que pensava sobre o assunto, ela só iria colher informações. Ela fazia as perguntas que eu geralmente precisava para considerar aquele assunto uma coisa boa ou não. Mas, se eu não abrir a boca, ela não vai fazer nada.

Eu não queria tocar num bloco chamado CarnaLolas. Queria discutir as músicas que tocaríamos. Queria opinar. Em tudo. Então eu precisava acordar para a vida.

E podia fazer todo um discurso motivacional para voltar à realidade, mas não sei se realmente funcionaria em tão pouco tempo. Resolvi que era hora do tratamento de choque. As meninas ainda estavam conversando alguma coisa, falando sobre o que viram na reunião, mas não consegui pensar nisso. Tomei uma decisão urgente.

Estava sentindo a ansiedade percorrer o meu corpo; um sentimento que não sei explicar, mas que me consumia lentamente. Não uma ansiedade que me paralisa; dessa vez, ela vinha em ondas, impulsionando-me.

— Eu preciso fazer uma ligação. Já volto — anunciei para Raissa e Letícia, que me encararam assustadas.

Não fiquei pensando no que minhas atitudes deveriam parecer para elas, apenas fiz o que sei que precisava ser feito. Entrei na primeira sala que encontrei e fechei a porta.

Esteja livre, Bruno. Esteja livre.

Sexto

And the salt in my wounds isn't burning anymore than it used to. It's not that I don't feel the pain, it's just I'm not afraid of hurting anymore.

E o sal em minhas feridas não está ardendo mais como costumava. Não é que eu não sinta dor, apenas não tenho mais medo de me ferir.

Last Hope – Paramore

Shows. Datas. Prazos. Planos. Avião. Jatinho. Classe econômica. Trio da Fabi Alves. Tarde das Lolas.

As palavras eram jogadas para todo o lado e eu estava muito grata por ter levado Letícia comigo. Ela não trabalhava para mim oficialmente, mas sempre a arrastei para compromissos da carreira quando não queria tomar decisões sozinha. É que ninguém consegue passar Letícia para trás, porque ela sempre tem as perguntas certas para o momento na ponta da língua. Enquanto não tivesse uma equipe minha e dividisse com as outras Lolas, ter uma amiga assim era importante.

Fizemos uma pausa na reunião e saí da sala com ela para entender melhor o que estava acontecendo. A verdade é que passei boa parte do tempo pensando se devo ou não ligar para Bruno Santana e descobrir como ele estava. Se ficou bem. Se conseguiu recuperar o carro.

Como ele sabia quem eu era.

— Parece que vocês foram convidadas para o trio da Fabi Alves, mas já tinham recusado uma edição da Tarde das Lolas porque queriam fazer o próprio trio e o dela cai no mesmo dia de vocês.

Franzi o rosto, tentando entender. O Tarde das Lolas é uma festa que acontece com diferentes artistas como convidados. Sempre é numa tarde de feriado ou fim de semana e leva o nome da banda no título. Quando foi que recusamos a oferta?

Letícia me olhava com preocupação. Ela sabia que meu olhar significava dúvidas de quem ouviu a notícia pela primeira vez.

— Foi disso que nós falamos na última hora, Té.

nha, acreditando ter ultrapassado um limite, mas ele fechou a dele em volta para que eu não a soltasse.

Perdi a noção do tempo que ficamos ali dentro. Por mais louco que isso soasse, senti-me segura apenas por estar ao lado dele. Mesmo sabendo que ele estava apavorado.

— Amo meu emprego, mas às vezes é uma droga ser policial no Rio de Janeiro. Já ouvi tantas vezes essa história: um policial sozinho no carro, à paisana, mas que é identificado como membro da corporação e assassinado cruelmente...

— Você teve tanta sorte... — externei o que vinha pensando desde que vi toda a cena se desenrolar na minha frente.

Quando nos acalmamos, fiz o caminho de volta. Ele disse que poderia pegar um Uber, mas Bruno já fez tanto por mim, mesmo sem saber, que não permiti que sequer tirasse o cinto de segurança. Ele me deu, então, o endereço da delegacia de Magé e eu segui naquela direção.

— Lá vai ser suficiente. Posso reportar a situação e algum policial me dá carona. — O trajeto era curto, então Bruno não demorou muito a me questionar: — Como você está? Não estou no seu caso, é de outra delegacia, então estou totalmente por fora.

— Não me chamaram novamente. Acho que não fui de grande ajuda, na verdade.

Trocamos mais algumas palavras, mas me contive. Estava com medo de ele, de alguma forma, se lembrar da voz que ligava para ele e pouco falava. Logo cheguei à delegacia e parei em um recuo. Ele se virou para mim e pegou na minha mão de novo.

— Obrigado, Ester. — Fechou os olhos e beijou a palma da minha mão. — Você salvou a minha vida hoje.

Você salva a minha todos os dias, era o que queria dizer, mas guardei para mim.

— Eu não poderia ficar sentada vendo tudo acontecer, não com você.

Ele deu um sorriso sem mostrar os dentes e novamente beijou minha mão, então desceu do carro. Manteve a porta aberta para dar um último recado:

— Espero que a falta de chamadas seja um sinal de que você está melhor e não precisa mais de mim, mas saiba que estou sempre aqui para conversar. Mesmo depois de você ter me visto em um momento de fragilidade. Sempre vou estar aqui para você, Ester.

Ele piscou e bateu a porta. Estava ali na minha cara, mas eu me recusava a acreditar.

Bruno... Bruno sabia?

A violência no Rio de Janeiro é uma realidade, e nós, cariocas apaixonados por essa cidade, precisamos aprender a conviver com ela. Dois homens saíram de um carro e pararam o veículo que estava a três de distância de mim. Um homem corpulento foi retirado de dentro com as mãos estendidas para cima e mal pude acreditar no que meus olhos viram.

Era o dono dos mesmos olhos escuros, profundos e sérios que vejo todos os dias nos meus sonhos.

Bruno.

Percebi outra coisa quando meu olhar encontrou o dele. Dessa vez, ele estava cheio de medo. E eu podia entender perfeitamente o porquê. Bruno é policial civil. Bandidos no Rio de Janeiro costumam ser cruéis com policiais.

Por mais que eu sentisse que tudo aconteceu em câmera lenta, imagino que tenha sido apenas uma fração de segundos. Vi quando ele se afastou do carro correndo e se escorou na traseira do carro da esquerda. Os bandidos aceleraram com o carro e um alívio me inundou. Foram embora e não fizeram nada contra ele. Não devem ter percebido que era policial.

Agi por reflexo. Abri a porta e saltei do carro. Os olhos de Bruno vieram na direção dos meus imediatamente. Ele estava ofegante e eu sabia o porquê. Deve ter visto toda sua vida passar diante dos olhos, como já aconteceu comigo anteriormente. Chamei seu nome em voz baixa e torci para que ele me reconhecesse. Queria fazer algo por ele. Algo para começar a pagar a dívida que tenho por todas as vezes que ele salvou a minha vida, mesmo sem saber.

Os carros começaram a sair do lugar, então Bruno veio na minha direção. Quando chegou na frente do meu, pedi:

— Entra no carro.

Quando nós dois estávamos do lado de dentro, dirigi o mais rápido que pude em direção a Magé. Em direção àquilo que considero seguro para nós dois. Foi só quando estacionei na garagem do meu pai que nós dois voltamos a falar:

— Desculpa, eu não sabia para onde ir — falei, mesmo sentindo medo de que ele reconhecesse minha voz.

— Desculpa, fiquei com tanto medo de morrer que não disse uma palavra.

Estendi a mão na direção da dele por cima do câmbio do carro. Estava gelada.

— Para onde você quer ir? Onde devo te levar? Para a delegacia?

Ele levou alguns minutos para responder.

— Podemos ficar aqui só mais um pouco?

Assenti, sem ter muito mais a dizer. Ele moveu a mão e eu puxei a mi-

Ele é o único com quem consigo ter uma conversa. Todos os outros, bom, não consigo me concentrar. Minha mente viaja e perco o foco. Tudo o que consigo fazer é dar respostas diretas, manter um diálogo é quase impossível. É por isso que entendi seu susto ao me ouvir dizer que sairia de casa. Já se completavam 29 dias que eu estava ali, vivendo o mesmo dia todo dia. Essa seria a minha coisa diferente de hoje.

— Se precisar de mim, já sabe. Pegue o telefone e me liga.

— Pode deixar, papai. — Levantei da mesa e comecei a pegar as minhas coisas.

— Filha... — Parei o que fazia e dei atenção a ele. — Você é forte, Ester. Vai passar por essa. Superou a primeira vez, em que o trauma foi muito maior. Vai superar essa também.

Caminhei até o seu lado e beijei seu rosto.

— Eu te amo, pai. Obrigada por estar sempre comigo.

Poderia dizer que isso foi algo que aconteceu naturalmente, essa vontade de sair de casa, mas não foi. Ela foi motivada pelo anúncio que Roger fez na sua última visita.

— Daqui a cinco dias nós teremos uma reunião das Lolas. É importante. Acha que consegue participar?

Conversei com meu pai sobre isso quando Roger saiu. Ele me garantiu que iria na reunião por mim se eu quisesse, mas tomei isso como um motivo para melhorar. Eu tinha uma família e uma equipe que fariam as coisas que eu precisava, mas queria responder por mim mesma.

Coloquei a mão na maçaneta e respirei fundo. A grandeza do ato me tomou naquele minuto. Eu estava prestes a colocar os pés para fora de casa depois de tanto tempo. A cena voltou na minha cabeça, aquela de anos atrás e também a mais recente. Uma sobrepunha a outra. Um medo que invadia cada poro do meu ser e tencionava meus ombros. Soltei todo o ar dos meus pulmões com calma, deixando o corpo relaxar mesmo que aos poucos. Abri a porta de casa.

Estou bem. Estou em segurança. Nada vai acontecer.

Consegui chegar ao carro repetindo o processo. Inspirava de uma vez, soltava o ar com calma. Os psicólogos me falaram da importância de continuar fazendo uma atividade que me dê medo, para que pudesse me acostumar a ela novamente. Dirigi sem destino por mais de uma hora. Quando vi, estava na Rodovia Washington Luiz indo para a capital. Era longe demais da minha casa e eu já tinha feito o que me propus. Por isso, peguei o primeiro retorno e fiz o caminho de volta. Estava prestes a pegar a Rio-Magé quando tudo aconteceu.

Quinto

I've been running through the jungle, I've been running with the wolves to get to you, to get to you. I've been down the darkest alleys, saw the dark side of the moon to get to you, to get to you.

Estive correndo pela selva, estive correndo com os lobos para chegar até você, para chegar até você. Passei pelos becos mais sombrios, vi o lado negro da lua para chegar até você, para chegar até você.

Wolves – Selena Gomez e Marshmello

Acordei no susto. Minha respiração estava completamente desregulada. Senti como se meu coração fosse sair pelo peito. Era horrível.

Sentada na cama, olhei ao redor e comecei a absorver o que acontecia.

Era o meu quarto em Magé. Dois pôsteres das Destiny's Child. Um guarda-roupa. Uma mesinha com meu computador. Um par de sapatos e um tênis pelo chão. Minha janela fechada com a cortina lilás. Alcancei meu celular como fazia todos os dias, louca para ouvir a voz dele e relaxar, mas cumpri a promessa que fiz a mim mesma recentemente: não depender de ninguém que não seja eu mesma para melhorar.

Seja forte, Ester. Você consegue sozinha.

Levantei-me e fiz a rotina de todos os dias. Tomei um banho, arrumei os cabelos. Na hora de me vestir, cumpri a segunda promessa que fiz a mim mesma: fazer algo diferente todos os dias.

Lembrei-me que, da última vez, fiquei presa em um ciclo infinito na minha rotina diária. Um dos psicólogos que minha mãe pagou sugeriu isso: cada dia eu deveria fazer algo diferente, mesmo que fosse coisa pouca. Comecei a melhorar depois disso, porque me desafiava a viver coisas que tinham sido bloqueadas na minha mente.

Vesti uma roupa levemente apresentável e encontrei meu pai na cozinha. Ele beijou minha cabeça e me serviu café. Havia pão de sal na mesa e passei manteiga em um. Comi rapidamente e meu pai se assustou quando eu disse que iria sair.

Dona de Mim

E eu escrevi. Por cinco horas, sem parar, eu escrevi.
Frases, poemas, músicas.
Perdi a conta.
Só deixei as palavras fluírem de mim e foi o melhor que fiz em muito tempo.

som algum, nem mesmo rir.

— Pois é! Eu imagino que ela seria fabulosa na Copa. Enfim, o que eu estava conversando com esse meu amigo era isso. Cheguei à conclusão de que não te conheço, mas não vou ficar evitando assuntos porque acho que você não vai se interessar, tá? Então, se eu estiver falando de algo que não te agrada, me dá um sinal, okay? Nem que seja desligar na minha cara.

— Nunca desligaria na sua cara — escapou.

Juro, eu não acreditei. Acho que nem Bruno, porque ele fez silêncio também. Não estava acreditando em mim, mas acho que fazia parte do processo de cura. Torcia para que fizesse. Lembrei que o psicólogo me mandava fazer diversos exercícios durante as crises que me fariam ficar melhor. Deixariam a minha mente funcionar com mais clareza.

— Hum, isso é bom. — Ele pareceu engolir em seco. — É bom que você não tenha interesse em desligar na minha cara, porque seria um pouco rude. Enfim, me dá um sinal se eu estiver sendo chato, tá?

Ele falou por uns cinco minutos sobre um desenho que o sobrinho gostava de assistir, mas que ele não achava adequado para a idade. Então começou a falar sobre como a qualidade da programação infantil caiu nos últimos anos. Eu me vi querendo fazer comentários em várias situações, mas me segurei. Ainda tinha muito medo de ele reconhecer minha voz e não sei se isso passaria tão rápido. Quando fez uma pausa no assunto, resolvi liberá-lo. Ele já tinha dito que precisava trabalhar e não seria aquela pessoa que atrapalharia tudo.

Muito menos a responsável por ele ter as bolas cortadas.

— Obrigada, Bruno. Você me faz sentir mais forte a cada dia.

Pela primeira vez fiquei na linha por mais alguns segundos, já que sempre desligava o telefone por medo de ele me reconhecer.

Ainda tinha medo, mas me fiz de forte.

— Não me agradeça. Só aguente firme mais um dia.

— Eu vou.

E desliguei. Mas, dessa vez, com sorriso nos meus lábios e uma sensação de paz.

Meus olhos passearam pela sala e dos meus lábios saía uma melodia. Eu não tinha percebido isso, mas ela não pedia permissão. Vi um caderno em cima da mesa da sala e o apanhei. Uma enxurrada de palavras inundou a minha mente, todas aquelas que eu não conseguia dizer em voz alta nos últimos dias.

DONA DE MIM

Esperava que não, de verdade. Ouvi o clique da ligação sendo atendida e vozes ao fundo, mas não ouvi Bruno. Esperei e me foquei nas conversas, tentando entender o que era dito. Quando a outra pessoa parou de falar, ouvi a voz dele dando orientações sobre alguma coisa. Despediu-se e rapidamente sua voz veio ao meu ouvido.

— Só um minuto, por favor. Fica na linha.

Ouvi outros ruídos, mas esperei. Esperaria o tempo que fosse necessário para ouvir sua voz. Ruído de pessoas, portas, teclas, telefones. Então, uma porta bateu e um silêncio parcial. Em seguida, ele retornou.

— Oi, você está aí? Desculpa, hoje estamos com falta de pessoal e está uma correria aqui. Você está bem? Dá um sinal para eu saber que você está aí.

Meu coração acelerou. Queria falar com ele. Queria que soubesse que estou aqui, que nada me aconteceu de mais grave.

Mas como? Ele saberia quem eu sou se conversássemos e isso é algo que ele não poderia saber. De jeito nenhum.

— Estou — respondi simplesmente. Torci para que fosse suficiente para ele continuar falando.

— Ótimo. Tudo bem. Eu queria que conversasse comigo, gostaria de entender o que se passa com você, mas respeito seu silêncio. Quando se sentir à vontade para falar, saiba que estou aqui. Como eu te disse, estamos com falta de pessoal hoje e não posso demorar muito, tudo bem? Estou na recepção da delegacia. Se minha chefe me vir aqui ao telefone, ameaça cortar minhas bolas. Sinto que é só uma ameaça mesmo, mas ninguém desafia a Ananda e não vou ser o primeiro. Você não a conhece, mas ela é incrível. A mulher bota medo em todo mundo, não foi à toa que virou delegada. Ela é a minha definição de mulherão da porra. Enfim, não vamos ficar falando da Ananda. Esses dias estava conversando com um amigo sobre "assunto de mulher" e "assunto de homem". É que, inconscientemente, fico pensando em "assuntos de mulher" para falar com você na sua próxima ligação, porque acho que isso vai te deixar interessada e talvez converse comigo. Mas isso é machismo da minha parte, né? Hoje em dia vocês falam de carro, futebol, cerveja e o que mais quiserem. Até melhor do que a gente. Já viu a Fernanda Gentil? Porra, que mulher excepcional! Melhor do que metade dos jornalistas esportivos da Globo. Queria mesmo que ela comentasse um jogo de futebol. Já imaginou essa mulher na Copa?

Uma risadinha escapou de mim. Bruno parou de falar por alguns segundos e eu sabia que era pelo simples fato de que eu tentava não emitir

positivos vêm sendo maioria nos últimos dias. Até que não são mais. Até que tudo parece errado, fadado ao fracasso. Até que as imagens daquele dia inundam a minha mente. Até que eu me perco dentro da minha própria cabeça. A sensação de que vou morrer, de que esse é o meu fim, vem com tudo. E a realidade é que só tem uma coisa que me tira de dentro dela.

A voz dele.

Nunca disse quem era, mas acho que Bruno já acostumou. O mesmo número ligando para ele com frequência... Matou a charada na quinta ligação.

— Okay, eu entendo. Você não quer falar. Só o que faz é agradecer antes de desligar. Então tudo bem. Se eu puder fazer alguma coisa, é só me dizer. Enquanto isso, vou continuar falando. Pode me interromper se precisar. Ontem vi um vídeo no YouTube... minto, não foi ontem. Foi na quinta. Enfim. Vi um vídeo no YouTube de um cara... — e ele não parou.

Passei uns dez minutos em silêncio, ouvindo enquanto ele falava da visão política de um cara sobre o machismo. Tudo o que eu sentia ao ouvir aquela voz era algo que não conseguia entender. Da outra vez, não foi assim. Não criei essa conexão com ninguém e era a muito custo que conseguia voltar à realidade. O tempo que durava cada uma das minhas crises de pânico era horrível no passado. Agora, ele era facilitado por Bruno. Ele sempre ficava ao telefone comigo, não importava quanto tempo precisasse. Às vezes, nós dois permanecíamos em silêncio e eu me concentrava no som da sua respiração. E sempre encerrava a ligação com um simples "obrigada". Não sabia o que dizer a ele.

Você está salvando a minha vida.

É você que me mantém sã.

Sua voz me acalma.

Obrigada por não desligar.

Nada parecia suficiente, então eu só dizia obrigada e esperava que fosse bom o bastante para que ele atendesse da próxima vez.

Senti um beijo na minha testa. Olhei no fundo dos olhos de Roger e nós nos encaramos de perto por alguns segundos. Tentei transmitir naquele olhar tudo o que não conseguia dizer cara a cara.

Eu vou ficar bem, Roger.

Não se preocupe comigo, Roger.

Vou superar essa, Roger.

Quando ele foi embora, peguei o celular e disquei para Bruno. Chamou várias vezes e me perguntei se estava interrompendo algo importante.

Quarto

How can I live in the moment, when my thoughts never feel like my own and don't know how to admit that I'm broke? How can I be alright?
Como posso viver no momento, se meus pensamentos nunca parecem meus e não sei como admitir que eu estou quebrada? Como posso ficar bem?
I can't breathe – Bea Miller

— Ester, você está me escutando?

Voltei os olhos para Roger sentado à minha frente. A resposta mais adequada para essa pergunta era que eu nem me lembrava da presença dele.

Na TV, passava um programa de fim de semana. Acho que era o da Sabrina Sato, não sei. Não fui eu quem liguei. Estava envolvida em uma manta, a minha favorita, mas não sentia frio. Ela servia como uma capa de proteção. Olhei para meu produtor e vi nos seus olhos que ele não sabia mais o que fazer.

Ninguém sabia.

O desfile de pessoas aqui em casa tem sido grande ultimamente. Disse ao meu pai para pedir que não viessem, que só preciso de um tempo para mim, mas ele não conseguia dizer não. Eu deveria insistir que isso estava atrapalhando o trabalho dele, já que estava trabalhando de casa desde que eu estava lá, mas quem disse que o dito cujo se importava?

Ainda estava recente na memória dele como foi a última vez. Parecia um ciclo que estava se repetindo e a verdade é que meu pai é o único que sabe como lidar comigo.

Let e Nat me olhavam como se fossem culpadas de algo.

As Lolas tentavam me animar, mas não sabiam como.

Minha equipe ficava cheia de dedos.

Roger continuava tentando.

Eles ainda não entenderam que eu precisava de tempo. Espaço.

Eu vou ficar bem, gente. Tenham paciência.

Quer dizer, é nisso que penso boa parte do tempo. Os pensamentos

— E se eu não estiver pronta amanhã?

Meu pai me dá um pequeno sorriso antes de responder.

— Você vai estar, Teté. — Ele me chamou pelo apelido de infância. — Mas se não estiver, o pai é paciente. — Beijou a minha mão e soltou-a. — Vamos dormir.

Entrei no meu quarto e só então me dei conta de que usava as mesmas roupas da nossa festa. Tanta coisa aconteceu do minuto em que coloquei essas roupas no dia anterior até agora que parecia ter sido há uma vida inteira. Despi-me, tomei um banho rápido e vesti uma camisola. Fechei as cortinas e deitei. Sentia-me tão cansada que o sono veio de imediato. Deixei que certo policial invadisse meus pensamentos e dormi com a sua imagem.

Acordei assustada, porém, com o som dos tiros. Não aconteceram novamente, apenas nos meus sonhos, mas a memória foi bem vívida. O medo, o susto e os sentimentos ruins também. Além de assustada, despertei sentindo o mundo girar. Uma ansiedade que me dominava, apertava meu peito. Um sentimento horrível que não recomendo a ninguém. Não pensei duas vezes antes de pegar o celular e discar o último número no meu telefone.

— Bruno Santana. Quem fala?

— Fala, filha. — Ele nos afastou um pouco para que pudesse me olhar face a face. — Do que você precisa de mim agora?

— Eu quero ir para casa, pai.

— Então nós vamos para casa.

Dentro dos braços do meu pai, eu fui protegida. Ele me levou para fora, me colocou dentro do carro e perguntou se eu podia esperar sozinha. Fiz-me de forte e disse que sim, mas felizmente ele não demorou. Não sei o que teria acontecido com a minha mente se ele realmente demorasse. Dois minutos depois de ter entrado para agradecer pelo carinho comigo e pedir um pouco de espaço, nós estávamos a caminho de casa. A caminho de sossego, de paz.

Meu pai mora em Magé. Depois que a minha vida virou de ponta-cabeça com a banda, ele se mudou para lá. Disse para o meu velho que ele merecia um pouco de sossego após ter trabalhado tanto para me educar, mas ele tem o emprego dos sonhos e não quer largar. O escritório da editora fica no centro do Rio e ele vai para lá todos os dias sem reclamar. Graças ao seu cargo, tem uma vaga cativa no prédio, então acorda cedo e dirige seu Prisma 1.4 até lá. Mesmo com a distância e o engarrafamento, ele nunca reclama, porque diz que a casa em Magé é o seu refúgio.

Tornou-se o meu também. Acabei de me mudar para a Zona Sul há cerca de duas semanas. Sou a única das Lolas que inventou de viver daquele lado da cidade. É que eu não gosto de dirigir e não dá para viver na Barra da Tijuca sem ser assim. Gosto de fazer as coisas a pé. Se precisar ir para longe, contrato um motorista. Ou o Uber. Só que meu apartamento na Zona Sul ainda não é o que posso chamar de lar. Desde que cheguei, ainda havia muito para fazer de decoração e, para complicar, esbarrava em fãs a cada esquina, não importava o horário do dia. Pior que isso, havia fotógrafos passando pela minha rua constantemente. Esse era um dos momentos em que só queria me esconder de tudo, então voltar para Ipanema estava fora de cogitação.

Nada melhor do que Magé para encontrar paz. É tão longe das coisas que tem que pagar pedágio para entrar na cidade.

— Filha… — meu pai chamou quando desligou o carro. Virei o rosto na sua direção. — Eu sei que não quer conversar agora, Ester, conheço você. Dorme, descansa. Se precisar de alguma coisa, chama o pai. — Ele esticou a mão sobre a minha e apertou. — Amanhã a gente fala sobre o que aconteceu, *tá?*

equipe, a família da Paula... Meu mundo começou a girar rapidamente com a quantidade de informações.

Como estou?

O que aconteceu?

Quero uma água? Com açúcar?

Todos estavam tão preocupados comigo!

A Let e a Nat estão vindo, fique tranquila!

Eu estou bem?

— Preciso ir ao banheiro — murmurei para a pessoa ao meu lado, que não fazia ideia de quem era.

Não me interessava também. Tudo de que precisava no momento era espaço, algo que não me deram desde que cheguei ali. Meu cérebro girou. Peguei meu celular e disquei para o número impresso no cartão amassado que ainda tinha em mãos.

— Bruno Santana. — Respirei fundo. Deixei cada nota grave da sua voz me invadir. Esperei. — Alô, quem fala? — Minha garganta travou. Era como se uma mão invisível segurasse minhas cordas vocais para não permitir que elas vibrassem. Em parte, isso foi bom, porque eu não queria que ele me reconhecesse e soubesse da minha fragilidade, mas era incrível como senti todo meu ser se tranquilizar. — Ok, você está em perigo? Precisa de ajuda? — Não estou em perigo, mas estou definitivamente precisando de ajuda. — Diga alguma coisa ou faça algum som se precisar de ajuda ou estiver em perigo. — Mantive-me calada, mas sei que já havia passado da hora de liberar a ligação. Ele acreditaria que estava em perigo.

— Obrigada — disse e desliguei.

A situação como um todo estava fugindo do meu controle. Eu queria tranquilidade, calmaria. Se voltasse lá para fora, encontraria o caos mais uma vez. Mandei uma mensagem para o meu pai, querendo saber onde ele estava. Ouvi sua voz soar por perto em poucos minutos. Ele respondeu a mensagem dizendo que estava na casa e pedi que viesse ao meu encontro.

— Abre, filha.

Joguei-me nos braços do meu pai e o conforto veio de imediato. Ele percebeu que eu precisava daquilo e me acolheu. Como sempre, o homem da minha vida me deu conforto e chamego. Deixei algumas lágrimas escorrerem na blusa dele e fiquei feliz por saber que meu pai não se importaria com nada disso.

— Papai...

mundo está indo para lá. Vamos! — Ela me puxou pela mão em direção à saída, mas travei.

— Posso ir embora? — Virei-me para o policial presente e perguntei, porque não gostaria de desrespeitar as autoridades. Mesmo que Ruth tenha deixado claro, grosseiramente, que ele não faz parte daquela delegacia.

— Sim. Eles têm os seus dados e vão entrar em contato se precisarem de mais alguma coisa. — Assenti. — Provavelmente Ruth vai precisar de um novo depoimento em algum momento. — Trocamos olhares por um momento e minha cabeça se encheu de dúvidas. O que vou fazer quando não puder mais olhar para ele e me acalmar? — Você vai ficar bem? Precisa de alguma coisa?

Vesti minha máscara de adulta e assenti.

— Eu vou. Obrigada pela paciência.

Ele apertou meu braço de leve, transmitindo confiança. Peguei-me admirando seus traços.

— Ótimo. Eu cuido dela agora. — Paula cortou o encantamento.

— Vou levar vocês até lá fora.

Santana nos guiou pelos corredores. Paula estava ao meu lado e dizia coisas que eu não entendia muito bem nem me esforçava para compreender. Minha mente acompanhou o caminhar do homem à minha frente, o que já era um primeiro indício da minha recuperação.

O carro da Paula estava parado todo torto. Não dava nem para dizer que estava estacionado. Ela não é uma motorista ruim, mas imagino que isso tenha se dado pela situação. Passamos pelo meu policial favorito, que segurou a porta para nós e não nos seguiu. Fiz Paula parar também para me despedir. Encarei seus olhos; tão sérios, mas que me transmitiam tanta segurança.

— Não sei como agradecer por ter ficado ao meu lado. Foi de extrema importância. Acho que teria surtado.

— Por nada, Ester. *Se cuida.* Eu vou deixar meu telefone com você se lembrar de algo. — Ele me estendeu um cartão e o peguei. *"Bruno Santana, investigador da Polícia Civil"* estava escrito nele. Em seguida, tocou meu ombro e apertou, o que me deu forças para seguir.

Saí com Paula e me distraí completamente. Não sei como entrei no carro, muito menos como as coisas foram acontecendo em seguida. Só me lembrei de entrar na casa onde ela morava com os pais e ser bombardeada de pessoas que exigiam a minha atenção. As Lolas, minha banda, minha

TERCEIRO

When the night has come, and the land is dark and the moon is the only light we'll see. No, I won't be afraid. No, I won't be afraid just as long as you stand, stand by me. So darling, darling, stand by me.

Quando a noite chegar, a terra escurecer e a lua for a única luz que nós veremos. Não, eu não temerei. Não, eu não temerei desde que você fique comigo. Então, querida, querida, fique comigo.

Stand By Me – Ben E. King

— Onde ela está? Onde? O que vocês fizeram com a minha amiga? — Escutei a voz desesperada da Paula soar no corredor. — Quero ver a Ester agora.

Ela um dia se meteria em problemas por falar assim com as pessoas. De verdade.

A delegada já não estava mais na sala porque, aparentemente, não fui de muita serventia. Disse o que consegui lembrar: tropecei, encostei na parede e ouvi tiros. Não vi ninguém, não me lembro de nenhum rosto. Muito menos conseguiria identificar algum suspeito. É uma droga porque até então eu era a única pessoa presente no momento. O policial que me fazia companhia, que agora eu sabia se chamar Bruno Santana, saiu para conseguir mais água para mim. Esforcei-me além da conta para não deixar meu nervosismo me dominar novamente. Desde que entrou na sala e nós conversamos, eu já tinha avançado um longo caminho e ficado bem mais calma. Não queria regredir.

A porta explodiu aberta. Uma Paula desesperada surgiu e, bem atrás dela, um Bruno Santana com semblante sério.

— Graças a Deus. — Ela me puxou para dentro dos seus braços e me apertou. — Graças a Deus você está bem. Você está bem, não está? — Ela nos afastou para olhar nos meus olhos.

— Agora estou, amiga. Obrigada por ter vindo.

— Nada. Nós conversamos, eu vou te levar para a minha casa, todo

— Você sabe que isso não é coisa de vocês da DEAM, mas não tenho escolha. Parece que nossa testemunha criou uma conexão com você e não estou aqui para discutir vínculos e psicologia. Seu superior liberou que ficasse por aqui enquanto eu precisasse, então fique na sala, mas de boca calada — ordenou, o dedo em riste. — Agora você, senhorita, vamos conversar.

— E o que precisa ser feito? — Cruzei os braços. — Por que tive que vir pra cá?

— Como testemunha, lembra?

— E quando eu vou testemunhar?

— Quando estiver se sentindo em condições. Até chegarmos aqui, você não falou, apenas acenou. Estava praticamente em choque.

Concentre-se, Ester. Volte ao seu normal.

— Estou bem agora, já posso falar. — Finjo para nós dois.

— Tudo bem. — Ele segurou meus braços com as mãos. — Vou chamar a...

Ouvimos a porta se abrir e eu me virei. Nisso, afastei-me um pouco dele.

— Parece que meu café fez milagre.

A mulher que entrou na sala era estonteante. Se você procurar mulherão da porra no dicionário, deve ter uma foto dela. Se Rodrigo Hilbert é nossa definição de *homão* da porra, essa é a versão feminina.

A postura de comando; a pele negra-clara, que muitos considerariam "parda"; as pernas mais longas que a Avenida Brasil... Acho que estou apaixonada.

— Delegada Ruth, ela disse que se sente pronta para testemunhar agora.

— Que bom, Santana — disse, caminhando na direção de sua cadeira. — Desencoste da minha mesa e pode voltar para a sua delegacia.

Ele imediatamente se afastou do móvel postando-se atrás de mim.

— Claro. Se a senhora precisar de mim, tem meu contato.

— Não é ele quem vai me interrogar?

Sei que perguntar isso foi um vacilo na minha pose de quem estava pronta para falar, mas foi inevitável. Tive medo de voltar ao estado anterior quando ele se fosse.

— Não, vou eu mesma cuidar desse caso. Ele é da Delegacia da Mulher, mas esse não é um caso dele. Nossa investigação é bem mais abrangente. — Ela largou uma pilha de papéis sobre a mesa e fez um sinal com a cabeça para que ele saísse. — Só veio lhe trazer o café.

O homem caminhou até a porta, mas parou quando ouviu minha pergunta:

— Mas, assim, é proibido que ele fique?

Ela olhou diretamente para mim. Estudou-me por dois minutos e sei que viu mais do que eu queria mostrar. Então respirou fundo.

— Santana, fique aí e não me interrompa.

— Delegada... — Ele começou a falar, mas ela levantou a mão e ele calou a boca imediatamente.

Dona de Mim

13

algumas vezes enquanto eu estava no corredor.

Olhei para o objeto que foi deixado em cima da mesa junto da minha *clutch*. No mesmo minuto, ele se acendeu. Meu toque estúpido soou por toda a sala em alto e bom som e me perguntei se foi assim das outras vezes.

Na tela, vi o nome do meu pai. O homem que me acompanhava, mas que ainda não sabia o nome, insistiu para que eu atendesse. Pegou o celular e colocou na minha mão. Ainda um pouco trêmula, levei-o ao ouvido.

— Ester, pelo amor de... — O alívio que me tomou por ouvir o homem da minha vida falar foi tão grande que não consegui evitar o choro. Ele veio grosseiramente e sem controle. — Filha, o que houve? — Ouvi meu pai me chamar e tentei controlar a respiração, mas não consegui. O homem tocou as minhas costas, o que me deu certo alívio e tirou o celular das minhas mãos.

— Boa noite, senhor. Aqui é o policial Bruno Santana. Sua filha está bem, em segurança. O senhor reside no Rio de Janeiro? — Ele esperou um minuto. — Sim, seria bom que alguém viesse encontrá-la na delegacia. Está bem, mas abalada com o que aconteceu. Ela presenciou um crime. — Mais um momento de silêncio. — Ótimo. Eu aguardo.

O policial Bruno Santana – ao menos sei seu nome agora – informou ao meu pai o endereço de onde estávamos e ele se despediu. Sua mão ainda tocava as minhas costas e foi nesse toque que me agarrei para controlar o choro.

Com os olhos cerrados, ele me encarou. Parecia querer me desvendar. Só poderia imaginar o que estava pensando de mim no momento. Loucura, desequilíbrio, imprudência, pena, todas essas palavras passaram pela minha cabeça. Pena se repetia.

Não queria que ele tivesse pena de mim, pois não sou uma mocinha sem-graça de livro que precisa ser salva pelo príncipe bonitão.

Fiquei de pé. Encarei toda a agitação que sentia de frente. Ele acompanhou meus movimentos com os olhos, principalmente quando estávamos cara a cara. Nunca tive problemas de altura, mas também não sou gigante; meço 1,63 m. Ele, porém, deveria ter mais de 1,80 m. Com o salto que usava, não senti tanta diferença entre nós.

— Estou bem. — Não estava, mas repetiria isso até que fosse verdade. — O que meu pai disse?

— Que sua equipe está mais perto de nós do que ele, então os acionaria para que não ficasse sozinha, mas que viria. Estava pegando o carro.

Assenti, fingindo tranquilidade. Tomara que cheguem logo.

Percebi que estava com a mesma roupa de quando me encontrou congelada atrás da pilastra. Calça social, blusa de botão. Faltava apenas o blazer, mas eu não sabia onde ele poderia estar.

Ele pegou minhas mãos e colocou o copo dentro delas. Depois envolveu-as com as suas.

Eu me lembrava de pouca coisa. Fiz mais uma tentativa e as memórias começaram a me assolar. Lembrei-me do tiro, da sensação de *déjà vu*, do medo. Só voltei a mim com o toque desse homem. Disse seu nome, eu sei disso, mas não consegui gravar. Arrependia-me disso, porque gostaria de saber quem é o dono da voz. Ele é policial, disso eu sei. Recordei-me de vê--lo entrar na viatura que me trouxe até aqui. Agora, podia ver um distintivo pendurado no cinto da calça chique, objeto que não me lembrava de estar lá antes. Perguntei-me se ele não deveria estar uniformizado já que boa parte das pessoas circulando aqui dentro estavam de jeans e blusa preta.

— Ei, Ester, lembra o que eu te disse? Você está segura.

Tomei um gole do café. Todo o meu corpo se aqueceu imediatamente e respirei fundo pela primeira vez em muito tempo. Bebi mais um pouco. O líquido queimou minha língua, mas não me importei. Precisava disso.

— Obrigada — murmurei quando terminei.

Todo o tempo ele ficou me encarando, tranquilo. Não sei se conseguiu ouvir o que disse, mas sei que entendeu, pois assentiu. Pegou o copo das minhas mãos e colocou sobre a mesa.

— Bom, essa é a sala da delegada, a Ruth. Estamos em uma delegacia da Polícia Civil. Eu sou policial também. Não trabalho aqui, mas te encontrei e você não soltou meu braço, então a acompanhei até aqui. A delegada está envolvida com o que aconteceu e pediu que eu ficasse de olho em você enquanto isso. Tudo bem se eu continuar aqui? Quer companhia? Se preferir, posso ficar do lado de fora.

A ideia de ser privada da presença dele novamente me assustou. Nunca me senti tão segura como nesse momento. E isso não tinha nada ver com o fato de estar dentro de uma delegacia. Meus gestos foram mais rápidos do que meus pensamentos. Segurei no braço dele com a mão esquerda.

— Fique, por favor.

Sei que pareci desesperada, mas era como me sentia. Ele abriu um sorriso mínimo, tranquilizador.

— Vou ficar, mas acho que pode ser uma boa ideia você dar alguma atenção ao seu celular. — Franzi a expressão sem entender. — É, ele tocou

Segundo

Just have a drink and you'll feel better. Just take her home and you'll feel better. Keep telling me that it gets better. Does it ever?
Tome um drink e você vai ficar bem. Leve-a para casa e você vai ficar bem.
Continuam me dizendo que vai ficar tudo bem. Será que fica?
In My Blood – Shawn Mendes

A cadeira tinha os dois braços quebrados.

Isso, porém, não me incomodou. De verdade. Eu mal sentia. Encolhi-me na cadeira de forma que seria possível que mais duas pessoas se sentassem ao meu lado. Senti meu corpo tremer e concentrei-me na voz que era capaz de me acalmar desde que tudo aconteceu.

Tive calafrios em curtos espaços de tempo que só se acalmaram quando consegui me concentrar e ouvir aquela voz novamente. Não dizia mais que eu estava segura, dessa vez conversava com outra pessoa no corredor em algum lugar às minhas costas. Mesmo assim, foi suficiente. Suficiente para que meu corpo sentisse uma paz momentânea.

Queria ter controle de mim, queria ter controle das minhas ações, mas não tinha. Apenas fiquei lá sentada e esperei que todo esse pesadelo acabasse.

A porta se abriu e pulei na cadeira com o susto. Não consegui me virar, ainda me sentia paralisada. Ouvi a porta encostar novamente e passos se aproximarem. Rezei para que fosse o homem que me trouxe, o dono da voz.

— Ei, beba isso.

Era a voz novamente. Estava sentada na cadeira dos braços quebrados de frente para uma mesa. Uma sala de trabalho em que não consegui assimilar os detalhes. Tudo parecia meio borrado. O homem encostou-se na mesa de frente para mim. Tinha um copo de isopor estendido na minha direção. Continuei encarando-o.

— É café. Ruth fez e ouvi dizer que ela é a única nessa delegacia que faz um café realmente bom. Beba.

Meus tremores foram diminuindo conforme ele continuava falando.

gas e eu atingimos nosso limite de bebida, paramos. Bebemos água, refrigerante. Sabemos da importância de ficarmos alegres, mas não completamente embriagadas. Fomos as últimas a sair da festa. Nat e Let decidiram ir de Uber para casa com um motorista de nossa confiança. Desci com elas para esperar, mas ele não demorou. Virei de costas assim que o carro saiu e comecei a digitar uma mensagem no celular para Paula. Decidimos dividir o quarto naquela noite, mas não queria entrar lá se ela estivesse com alguém. Esbarrei em um homem que passou apressado e dei o azar de enfiar o salto em um buraco. O infeliz quebrou. Não cheguei a cair, pois me escorei na parede imediatamente. Apoiei-me de costas na pilastra, tirando o salto. Pisei devagar, testando para ver se aconteceu algo com meu pé. Chegou uma mensagem de Paula no minuto que notei estar tudo certo com ele. Cliquei sobre a notificação, mas não cheguei a ler porque em seguida tudo aconteceu.

Cinco tiros disparados.

Passei toda a minha adolescência acostumada ao som deles porque morava bem perto de favelas perigosas. Rocha Miranda, né? Quem é do Rio sabe. Por isso, sabia que o perigo ao ouvir esse tipo de disparo era iminente. Senti todos os músculos do meu corpo travarem. Era como se a parede e eu fôssemos uma só. Todas as vezes que ouvi tiros estive segura dentro de quatro paredes, exceto em uma noite, que marcou a minha vida. Agora, era nisso que eu pensava. Era isso que eu revivia na minha mente. De novo e de novo. Os sons, os gritos, o terror acontecendo diante dos meus olhos. Cenas difíceis de digerir que por muito tempo evitei, mas que agora pareciam estar se repetindo.

Não sei quanto tempo passei ali, mas fui despertada do pavor por uma mão masculina tocando meu ombro. Era um toque delicado, para não me assustar, mas que me fez sentir segura. Olhei para frente, dando de cara com um homem. Não conseguia focar em nada, exceto seus olhos. Escuros, mas profundos; preocupados, sérios. Emanavam segurança de uma forma que eu nunca tinha sentido de ninguém. De uma forma que só vi nos olhos de um homem: o meu pai.

— Moça, você está segura.

Percebi minha respiração desregulada. Alguns tremores ainda perpassavam meu corpo, mas de alguma forma senti meu coração se acalmar e pouco a pouco recuperar o ritmo das batidas.

"Você está segura", o que ele disse se repetia na minha mente uma e outra vez.

Estou? Será que estou segura?

DONA DE MIM

complementar a renda. Quando descobriu que eu cantava bem, arrumou aulas em uma paróquia perto de casa. Toda minha formação musical foi com músicas da Igreja Católica e sou muito grata ao coral que fiz parte. Não é à toa que sou a que pega as harmonias com mais facilidade no grupo.

Minha mãe se esforçou de verdade. É por isso que somos boas amigas hoje. Ela foi a todas as minhas apresentações do coral. Esteve na minha formatura do Ensino Médio. Fez minha inscrição no "Canta, Brasil!" e bancou tudo relacionado ao programa. Mesmo assim, a verdade nua e crua é que eu teria feito tudo isso sem ela, porque meu pai foi uma pessoa incrível.

E porque eu quis. Eu queria ser a melhor da turma e me esforcei mais do que podia. Queria falar inglês fluentemente e passei a assistir filmes e séries sem legenda no segundo semestre do curso para me obrigar a aprender mais rápido, para falar com mais fluência. Eu nunca nem sonhei em fazer um intercâmbio porque sabia que isso era impossível devido à nossa situação financeira, mas não ia ficar para trás só por causa disso. Como diz Selena, se a gente quiser, a gente conquista.

Fiz vários amigos gringos na internet. Eu visitava um site em que a gente conseguia conversar com pessoas de outros países. Nunca quis fazer aquela coisa de chamada de vídeo porque tinha medo e vergonha. Medo de não conhecer de verdade a pessoa por trás da tela. Vergonha da casa humilde que morava, da minha aparência.

Ah, sim. Minha aparência sempre foi algo que me fez sofrer. Eu tinha o cabelo duro e meu pai nunca teve grana para bancar tratamento capilar. Eu me achava feia. Não gostava do meu nariz, que era diferente do de todo mundo.

Garoto nenhum me achava bonita. Gostosa, sim. Sempre tive bunda, peito e todas as coisas que os meninos gostam, mas preferia pensar no braço gordo ou na barriguinha que eu ostentava.

Beyoncé sempre foi uma inspiração. Eram as músicas dela que eu berrava a plenos pulmões no meu quarto. As *Destiny's Child* de modo geral. Três mulheres negras que formavam a maior *girlband* do mundo. Cantoras como eu queria ser. Empoderadas.

Fiz minhas amigas ficarem comigo na pista quando *Formation* começou a tocar. Outro hino de empoderamento para a mulher, principalmente a negra. Dancei mesmo, sem vergonha de ser quem sou. Da adolescente insegura com o próprio corpo para a mulher que sou hoje foi um caminho cheio de pedras, daquelas enormes que só servem para atrapalhar.

Fiz isso a noite inteira naquela noite de ano novo. Quando minhas ami-

vestidinho e mochila rosa. Esteve presente nas apresentações de Dia das Mães e Dia dos Pais. Formaturas. Ensinou o dever de casa.

Quando menstruei, ele perdeu o controle. Eu tinha 11 anos e, por cerca de cinco minutos, vi meu pai de preto ficar branco. Nunca achei que isso fosse possível, mas aconteceu. Felizmente, ele namorava na época. Rita era o nome dela, um anjo que chegou lá em casa em 20 minutos com um pacote de absorvente e um *Buscofem*. Ela me ensinou tudo o que tinha para saber sobre isso, depois falou com meu pai. O namoro deles durou mais quatro anos, até eu completar meus 15. Achei que dariam certo, mas a vida não permitiu. Ela foi uma amiga maravilhosa para mim, principalmente nessa fase tão nebulosa. Sinto a falta dela até hoje, mas sei que dói ainda mais no meu pai. Ela foi seu grande amor.

Minha mãe nunca foi próxima. Acho que, durante minha infância, eu a vi três vezes ao ano, no máximo. Na minha festa de 15 anos ela não apareceu e não chorei. Simplesmente não fez diferença na minha vida. Eu tinha meu pai e, na época, tinha a Rita. Eu tinha a *mim* e, para ser bem sincera, sempre me bastei.

Não é questão de me achar o centro do universo. Não gosto de pensar que sou uma pessoa egoísta. Não ter uma mãe na infância mudou a minha vida, principalmente porque meu pai me incentivou dia após dia a enxergar o meu valor. Não deixei que isso me tornasse uma pessoa amargurada.

Foi por isso que quando ela voltou de viagem três meses depois do meu aniversário, eu a aceitei de volta. Meu pai veio conversar comigo cheio de dedos sem saber como dizer que minha mãe estava de volta, arrependida, que queria uma reconciliação. A volta dela mexeu mais com o meu pai do que comigo, porque foi na mesma época que Rita e ele tiveram de se separar. Meus pais não voltaram a ficar juntos, mas acho que alguma coisa abalou o relacionamento deles. Seu Valter nunca quis contar o que aconteceu naquela época.

Minha vida não mudou com o retorno da minha mãe. Eu continuei na escola, com as melhores notas da turma. Meu pai sempre me fez estudar porque dizia que a única forma de alguém pobre e morador de periferia se dar bem na vida é através da educação. Ele pagou meu curso de inglês por anos, mesmo que tivesse que suar a camisa para que as contas fechassem no final do mês. Perdi as contas de quantos fins de semana fazendo trabalho *freelancer* ele passou. Ele é editor, por sinal. De uma grande editora no Brasil. Naquela época, estava em uma editora bem menor, ganhava pouco. Fazia livro de autor independente quando não estava no escritório para

PRIMEIRO

I know we're making you thirsty. You want us all in the worst way. You don't understand, I don't need a man
Sei que estamos deixando você com sede. Você nos quer da pior maneira possível. Você só não entendeu que eu não preciso de um homem.
Me and My Girls – Selena Gomez

Meu corpo inteiro se arrepiou quando ouvi Me and My Girls da Selena Gomez tocar. Acertamos em cheio ao contratar esse DJ para a festa. Puxei Natália e Letícia pelo braço e elas reagiram no mesmo minuto.

— Qual a necessidade dessa agressão, Ester? — Natália reclamou.

— Essa é a minha música, mana!

— Pô, miga, já lançou há 600 anos! — chiou Letícia.

— Mas não deixa de ser um hino!

Chegamos na pista quando Selena cantou a segunda parte mais empoderada da letra. Desde sempre foi assim que eu guiei a minha vida. Se queria alguma coisa, ia lá e conquistava. Se precisasse de grana, ralava para conquistar. Nunca precisei ficar me escorando em homem para conseguir o que quero. Homem tem que ser companheiro, não provedor.

E se você ainda não entendeu, Selena explica, eu não preciso de homem.

Começamos a dançar e Natália e Letícia se animaram. Além das Lolas, elas são as únicas amigas com quem eu conto de verdade. Depois que a fama chega para você, as pessoas automaticamente querem ser íntimas. Amicíssimas. Mas elas podem ir para a puta que as pariu. Escolhi deixar esse bando de gente interesseira me rodear, mas, no fim do dia, sabia que poderia contar nos dedos quantas pessoas estavam comigo de verdade. Nas horas boas e ruins. As outras quatro Lolas. Let e Nat. O meu pai.

Ah, por sinal, meu pai é o único homem que não se encaixa naquela frase da Selena de que eu não preciso de homem. Quando minha mãe deixou de amamentar, separou-se do meu pai. Ele me criou. Aprendeu a fazer penteados no meu cabelo duro para me levar à escola. Saiu para comprar

Aviso

Apesar de saber que o processo de julgamento dos casos de violência doméstica e tratamento de doenças psicológicas podem ocorrer de forma diferente, esta é uma obra de ficção e alguns detalhes foram ajustados para o desenvolvimento do enredo.

Direção Editorial:	**Arte de Capa:**
Roberta Teixeira	Carol Dias
Gerente Editorial:	**Revisão:**
Anastacia Cabo	Artemia Souza
Ilustração:	**Diagramação:**
Talissa (Ghostalie)	Carol Dias

Copyright © Carol Dias, 2019

Copyright © The Gift Box, 2019

Todos os direitos reservados.

Nenhuma parte do conteúdo desse livro poderá ser reproduzida em qualquer meio ou forma – impresso, digital, áudio ou visual – sem a expressa autorização da editora sob penas criminais e ações civis.

Esta é uma obra de ficção. Nomes, personagens, lugares e acontecimentos descritos são produtos da imaginação da autora. Qualquer semelhança com nomes, datas ou acontecimentos reais é mera coincidência.

Este livro segue as regras da Nova Ortografia da Língua Portuguesa.

CIP-BRASIL. CATALOGAÇÃO NA PUBLICAÇÃO

SINDICATO NACIONAL DOS EDITORES DE LIVROS, RJ

Vanessa Mafra Xavier Salgado - Bibliotecária - CRB-7/6644

D531p

    Dias, Carol
        Por favor / Dona de mim / Carol Dias. - 1. ed. - Rio de Janeiro : The Gift Box, 2019.
        184 p.

        ISBN 978-85-52923-78-7
        1. Ficção brasileira. I. Título.

19-56972   CDD: 869.3

                 CDU: 82-3(81)

Carol Dias

SÉRIE LOLAS & AGE 17 – PARTE 2

DONA DE MIM

1ª Edição

 The GiftBox EDITORA

2019